Dit boek wordt u aangeboden door uw boekverkoper
ter gelegenheid van Juni – Maand van het Spannende Boek 2004

HENNING MANKELL

Het graf

Uit het Zweeds vertaald door
Janny Middelbeek-Oortgiesen

Stichting Collectieve
Propaganda van het
Nederlandse Boek

Een uitgave van de Stichting Collectieve Propaganda van het Nederlandse Boek ter gelegenheid van Juni – Maand van het Spannende Boek 2004

Oorspronkelijke titel *Händelse om hösten*

Het graf is door Uitgeverij De Geus geproduceerd voor de Stichting Collectieve Propaganda van het Nederlandse Boek ter gelegenheid van Juni – Maand van het Spannende Boek 2004

Dit boek is gedrukt op 100% chloorvrij geproduceerd papier
Omslagontwerp Uitgeverij De Geus
Omslagillustratie © Andre Burian/Corbis/TCS
Foto auteur © Ulla Montan
Druk Koninklijke Wöhrmann bv, Zutphen

ISBN 90 5965 0026
NUR 330

I

Op zondag 28 oktober 2001 was Kurt Wallander vrij. Het was een drukke week geweest, omdat er op het politiebureau in Ystad een vervelende verkoudheid heerste. Wallander, die altijd als een van de eersten werd aangestoken, was ditmaal om onverklaarbare redenen een van de weinigen die niet ziek waren geworden. Aangezien er de afgelopen week een gewelddadige verkrachting in Svarte en enkele gevallen van zware mishandeling in Ystad hadden plaatsgevonden, had Wallander lang en hard moeten werken.

Nu was hij echter vrij. Hij sliep. Vaag hoorde hij in de keuken de telefoon rinkelen. Zijn dochter Linda, die na het afronden van haar opleiding aan de politieacademie in Stockholm dit najaar in Ystad als politieagente was begonnen, woonde nog steeds bij hem in. Ze had eigenlijk al verhuisd moeten zijn, maar het huurcontract van de flat die haar was toegezegd liet op zich wachten. Hij hoorde Linda de telefoon opnemen en meende dat hij zich geen zorgen hoefde te maken. Voor hem belde er niemand, behalve wanneer zijn aanwezigheid op het bureau vereist was. Martinson was echter weer opgeknapt en had beloofd Wallander niet te zullen storen.

Verder belde er nooit iemand voor hem, zeker niet op een vroege zondagochtend. Linda zat wel iedere dag uren aan de telefoon. Daar had hij over nagedacht. Zelf was hij iemand die een gespannen verhouding had met telefoons. Iedere keer dat er eentje rinkelde, schrok hij. Linda daarentegen was in staat grote delen van haar leven telefonisch door te nemen. Hij vermoedde dat dit een teken was van het eenvoudige gegeven dat ze tot verschillende generaties behoorden.

De deur van zijn slaapkamer ging open. Geërgerd schrok hij op.

'Kun je niet kloppen?'

'Ik ben het toch maar?'

'Wat zou jij zeggen als ik de deur van jouw kamer openrukte zonder te kloppen?'

'Ik draai mijn deur op slot. Er is telefoon voor je.'

'Voor mij belt er niemand.'

'Nu toch wel.'

'Wie is het?'

'Martinson.'

Wallander ging rechtop in bed zitten. Linda keek met een afkeurende blik naar zijn buikje, maar ze zei niets. Het was zondag. Ze hadden de afspraak gemaakt dat zolang ze bij hem inwoonde de zondag een vluchtheuvel zou vormen, een dag waarop ze geen van beiden het recht hadden de ander te bekritiseren. De zondagen waren uitgeroepen tot dagen om aardig voor elkaar te zijn.

'Wat wil hij?'

'Dat zei hij niet.'

'Ik ben vandaag vrij.'

'Ik weet niet wat hij wil.'

'Kun je niet zeggen dat ik er niet ben?'

'Goeie genade!'

Ze liet hem alleen en ging naar haar eigen kamer. Kurt Wallander slofte naar de keuken en pakte de hoorn. Door het keukenraam zag hij dat het regende. Maar het wolkendek was dun; hij zag spatjes blauwe lucht.

'Ik dacht dat ik vandaag vrij had.'

'Dat heb je ook.'

'Wat is er gebeurd?'

'Niets.'

Wallander voelde boosheid opkomen. Belde Martinson hem zonder reden op? Dat was niets voor hem.

'Waarom bel je? Ik sliep nog.'

'Waarom klink je zo kwaad?'

'Ik ben ook kwaad.'

'Ik denk dat ik misschien een huis voor je heb. Op het platteland. Niet ver van Kåseberga.'

Wallander liep er al jaren over te denken om zijn flat aan Mariagatan in het centrum van Ystad te verlaten. Hij wilde op het platteland gaan wonen en een hond nemen. Sinds zijn vader een aantal jaren geleden was overleden en Linda het huis was uitgegaan, voelde hij een toenemende behoefte om zijn leven te veranderen. Hij was al een aantal keren gaan kijken naar huizen die bij makelaars in de verkoop stonden, maar hij had nooit gevonden wat hij zocht. Een paar keer had hij het gevoel gehad dat hij een huis had gevonden dat wel iets voor hem was, maar toen had de prijs een onoverkomelijk obstakel gevormd. Zijn salaris en spaargeld waren niet voldoende. Bij de politie werken betekende dat je niet echt geld opzij kon leggen.

'Ben je er nog?'

'Ik ben er nog. Vertel eens wat meer.'

'Daar heb ik nu geen tijd voor. Er is vannacht blijkbaar een inbraak gepleegd bij een warenhuis. Maar als je langskomt, zal ik je meer vertellen. En ik heb ook sleutels.'

Martinson beëindigde het gesprek. Linda kwam de keuken binnen en schonk een kop koffie in. Ze keek hem vragend aan. Ze gingen met hun koffiekopjes aan de keukentafel zitten.

'Moet je werken?'

'Nee.'

'Wat wilde hij dan?'

'Hij wil me een huis laten zien.'

'Hij woont toch in een rijtjeshuis? Jij wilt toch op het platteland wonen?'

'Je luistert niet naar wat ik zeg. Hij wil me een huis laten zien, niet *zíjn* huis.'

'Wat voor huis dan?'

'Ik weet het niet. Heb je zin om mee te gaan?'

Ze schudde haar hoofd.

'Ik heb andere plannen.'

Hij vroeg niet wat voor plannen. Hij wist dat ze in dat opzicht op hem leek. Hij legde ook niet meer uit dan noodzakelijk was. Een vraag die niet gesteld werd, hoefde je ook niet te beantwoorden.

2

Even na twaalven ging Kurt Wallander naar het politiebureau. Toen hij op straat stond, aarzelde hij even of hij de auto zou nemen, maar zijn geweten begon meteen op te spelen. Hij kreeg te weinig beweging. Bovendien stond Linda hem boven voor het raam vast na te kijken. Als hij de auto nam, zou ze daar zeker wat van zeggen.

Hij ging lopen.

We zijn net een oud echtpaar, dacht hij. Of een middelbare politieman met een veel te jonge echtgenote. Eerst was ik met haar moeder getrouwd. Nu is het alsof wij in een vreemd huwelijk leven, mijn dochter en ik. In alle eerbaarheid. Maar tot wederzijdse en voortdurend groeiende irritatie.

Toen Wallander op het bureau kwam, dat er op zondag verlaten bij lag, zat Martinson op zijn kamer. Hij beëindigde een telefoongesprek over een verdwenen tractor, terwijl Wallander ondertussen een paar nieuwe verordeningen van de leiding van de Rijkspolitie doorneusde die op Martinsons bureau lagen. Het ging over het gebruik van pepperspray. De afgelopen tijd was er in Zuid-Zweden een proef gedaan en uit de evaluatie was gebleken dat pepperspray een uitstekend middel was om gewelddadige personen tot bedaren te brengen.

Wallander voelde zich opeens stokoud. Hij was een slechte schutter en altijd bang om in situaties terecht te komen waarbij hij gedwongen was met scherp te schieten. Dat was voorgekomen, en enkele jaren geleden had hij uit zelfverdediging nog een man doodgeschoten. Maar de gedachte om zijn privé-wapenarsenaal uit te breiden met venijnige busjes pepperspray sprak hem niet aan.

Ik word langzamerhand te oud voor mezelf, dacht hij. Te oud voor mezelf en te oud voor mijn beroep.

Martinson smeet de hoorn op de haak en sprong op van zijn stoel. Wallander moest denken aan de jongeman die een jaar of vijftien geleden was begonnen bij de politie in Ystad. In de loop der jaren had hij een aantal keren serieus overwogen om als rechercheur te stoppen, maar hij was altijd gebleven. Nu was hij niet zo jong meer. Hij was echter niet dikker geworden, zoals Wallander, hij was juist afgevallen. De grootste verandering was dat hij zijn dikke bruine bos haar niet meer had en nu bijna helemaal kaal was.

Martinson gaf hem een sleutelbos. Wallander zag dat de meeste sleutels ouderwets waren.

'Het gaat om een van mijn neven', zei Martinson. 'Hij is heel oud en hij heeft zich tot op het laatst tegen verkoop verzet. Maar nu staat het huis leeg, omdat hij in een verpleeghuis is opgenomen en hij beseft dat hij dat niet levend zal verlaten. Hij heeft mij gevraagd of ik de verkoop wil regelen. En ik moest meteen aan jou denken.'

Martinson wees op zijn versleten, gammele bezoekersstoel. Wallander ging zitten.

'Ik moest om verschillende redenen aan jou denken', vervolgde hij. 'Enerzijds omdat ik weet dat jij een huis op het platteland zoekt. Maar ook vanwege de ligging van het huis.'

Wallander wachtte op het vervolg. Martinson had altijd de onhebbelijkheid om dingen te rekken, nodeloos ingewikkeld te maken.

'Het huis ligt in Löderup, aan wat ze Vretsvägen noemen', vervolgde Martinson.

Wallander wist meteen wat Martinson bedoelde.

'Welk huis is het?'

'De verkoper heet Karl Eriksson.'

Wallander dacht na.

'Is dat die man die vroeger een smederij met een benzinestation had?'

'Precies.'

Wallander stond op en pakte de sleutels.

'Ik ben vaak langs dat huis gereden. Misschien ligt het dichter bij het huis dat van mijn vader is geweest dan goed voor mij is?'

'Rij er nou maar gewoon naartoe om het te bekijken.'

'Wat moet hij ervoor hebben?'

'Hij heeft het aan mij overgelaten om dat te beslissen. Maar ik moet natuurlijk wel een prijs vragen die conform de markt is.'

Wallander bleef in de deuropening staan. Hij begon opeens te aarzelen.

'Misschien kun je een indicatie geven? Het heeft weinig zin dat ik er naartoe rij om het te bekijken als het zo duur is dat ik er niet eens aan hoef te denken om het te kopen.'

'Ga er nou maar heen', zei Martinson. 'Je kunt het je wel veroorloven. Als je wilt.'

3

Wallander liep terug naar Mariagatan. Hij voelde zich opgewekt en onzeker tegelijk. Net toen hij in zijn auto stapte, begon het te regenen. Hij reed Ystad uit, volgde Österleden en realiseerde zich opeens dat het jaren geleden was dat hij deze weg had afgelegd om zijn vader te bezoeken.

Hoelang was hij nu al dood? Het duurde even voor het jaartal hem te binnen schoot. Er was al veel tijd overheen gegaan. Inmiddels was het jaren geleden dat ze hun laatste gezamenlijke reis naar Rome hadden gemaakt.

Het was alsof de tijd kromp. Het had gisteren kunnen zijn dat hij even bij zijn vader langsging, met hem kaartte, misschien een borrel dronk en ruzie begon te maken over iets wat er niet toe deed.

Ik mis de ouwe baas, dacht hij. Hij was de enige vader die ik ooit zal hebben. Hij was vaak een vreselijke zeur en hij kon me verschrikkelijk irriteren, maar ik mis hem. Daar kan ik niet omheen.

Hij draaide de bekende weg in en ving een glimp op van het dak van zijn vaders oude huis. Maar hij reed de afslag voorbij en sloeg toen af naar de andere kant.

Na tweehonderd meter stopte hij en hij stapte uit. Het motregende.

Het huis lag in een vervallen tuin. Het was een oude, typisch Skånse boerderij die ooit twee vleugels had gehad. De ene stond er nu niet meer; misschien was die afgebrand, misschien afgebroken. Het huis met de tuin lag er verlaten bij, weggeslingerd op een perceel grond. In de verte hoorde Wallander het geluid van een tractor. De aarde was omgeploegd; die wachtte op zijn winterdek.

Wallander opende het piepende hek en stapte het erf op. Het zandpad was vast al jaren niet meer geharkt. In een hoge kastanje die midden voor het huis stond, zat een zwerm kraaien te krassen. Misschien was de kastanje een oude gedenkboom. Hij bleef stil staan luisteren. Hij moest het geluid dat het huis omringde prettig vinden wilde hij overwegen er te gaan wonen. Als het geluid van de wind of de stilte niet goed voelde, kon hij net zo goed meteen omkeren en wegrijden. Maar wat hij hoorde, vond hij aangenaam. Het was de stilte van de herfst, de Skånse herfst die wachtte op de winter.

Hij liep rond het huis. Aan de achterkant stonden enkele appelbomen, aalbessenstruiken en een paar oude stenen meubels. Hij struinde rond tussen de herfstbladeren en struikelde opeens over iets wat op de grond lag, misschien waren het de restanten van een oude hark, en keerde weer terug naar de voorkant van het huis. Hij bekeek de sleutels om te zien welke er op de voordeur zou passen, stak die in het slot en draaide hem om.

Binnen rook het muf en bedompt. Een bittere oudemannengeur. Wallander liep door de kamers. De meubels waren oud, aan de muren hingen spreuken. In wat de slaapkamer van de man moest zijn geweest stond een antieke televisie. Wallander liep naar de keuken. Er stond een koelkast die niet was aangesloten. In de gootsteen lagen de resten van een dode muis. Hij liep de trap op naar de bovenverdieping, die slechts bestond uit een kale zolder. Er zou veel aan het huis gedaan moeten worden, dat begreep hij wel. En goedkoop zou het niet worden, ook al kon hij misschien veel zelf doen.

Hij liep de trap weer af, ging voorzichtig op een oude bank zitten en belde naar het politiebureau in Ystad. Het duurde een paar minuten voordat Martinson opnam.

'Waar zit je?' vroeg Martinson.

'Vroeger vroeg je mensen hoe het met ze ging', antwoordde Wallander. 'Nu vraag je aan iemand waar hij zit. Onze manier om mensen te begroeten heeft echt een revolutionaire verandering ondergaan.'

'Bel je me daarvoor op?'

'Ik ben nou in het huis.'

'Wat vind je ervan?'

'Ik weet het niet. Het voelt vreemd aan.'

'Maar je bent er ook voor het eerst. Natuurlijk is het vreemd.'

'Ik wil graag weten wat voor prijs jullie in gedachten hebben. Ik wil er niet over gaan nadenken voordat ik dat weet. Je begrijpt zeker wel dat hier veel moet gebeuren?'

'Ik ben er geweest. Ik weet het.'

Wallander wachtte. Hij hoorde Martinson ademen.

'Het is niet zo gemakkelijk om zaken te doen met goede vrienden', zei hij ten slotte. 'Dat realiseer ik me nu pas.'

'Beschouw me maar als een vijand', antwoordde Wallander opgewekt. 'Maar wel graag als een arme vijand.'

Martinson lachte.

'We hadden een afbraakprijs in gedachten. Driehonderdduizend. En geen cent minder.'

Wallander had in gedachten besloten hoogstens driehonderdvijftigduizend te betalen.

'Dat is te duur', zei hij.

'Om de donder niet. Voor een huis in Österlen?'

'Het is een krot.'

'Als je er een paar honderdduizend in investeert, is het meer dan een miljoen waard.'

'Ik kan tweehonderdvijfenzeventigduizend betalen.'

'Nee.'

'Laat dan maar zitten.'

Wallander beëindigde snel het gesprek. Vervolgens bleef hij met de telefoon in zijn hand zitten wachten. Hij telde de seconden. Er waren er vierentwintig verstreken toen Martinson belde.

'Laten we zeggen tweehonderdnegentigduizend.'

'Dan geven we elkaar telefonisch een hand', antwoordde Wallander. 'Of beter gezegd: ik geef je over een etmaal een hand.

Ik moet eerst met Linda praten.'

'Dag mag van mij. Maar vanavond wil ik uitsluitsel.'

'Waarom die haast? Ik heb vierentwintig uur nodig.'

'Goed dan. Maar niet langer.'

Ze beëindigden hun gesprek. Wallander voelde een rilling van blijdschap. Zou hij nu eindelijk het huis op het platteland krijgen waar hij al zo lang van droomde? En nog wel in de buurt van zijn vaders huis, waar hij zoveel tijd had doorgebracht.

Hij rende de trap op en liep nog een keer door het huis. In gedachten begon hij muren weg te breken, nieuwe elektriciteitsleidingen te trekken, te behangen en in te richten. Hij had zin om Linda te bellen en haar het nieuws te vertellen, maar wist zich te beheersen.

Het was te vroeg om het te vertellen. Hij was nog niet helemaal overtuigd.

Hij liep nog een keer over de begane grond van het huis, bleef af en toe staan om te luisteren, en liep dan door naar de volgende kamer. Aan de muur hingen verbleekte foto's van de mensen die hier ooit hadden gewoond. In de grootste kamer hing tussen twee ramen in een luchtfoto in kleur van de boerderij.

De adem van de mensen die hier ooit geleefd hebben, zit nog in de muren, dacht Wallander. Maar spoken heb je hier niet. Die zijn er niet, omdat ik niet in spoken geloof.

Hij liep het erf op. Het was opgehouden met regenen, de wolken dreven weg. Hij duwde de stang van de pomp die midden op het erf stond een paar keer op en neer. Het knerpte en piepte, maar er kwam water omhoog dat eerst bruin maar daarna glashelder was. Hij proefde het en zag al een hond voor zich die vlak naast hem water uit een bakje stond te drinken.

Hij liep nog een keer rond het huis en keerde toen terug naar zijn auto.

Net op het moment dat hij het portier wilde openen, bleef hij staan. Er was opeens een gedachte bij hem opgekomen. Eerst kon hij niet goed thuisbrengen wat hem ervan weerhield achter het stuur plaats te nemen. Hij fronste zijn wenkbrauwen. Binnen in hem was iets beginnen te knagen. Een gedachte of iets wat hij had gezien. Iets wat niet klopte.

Hij draaide zich om naar het huis. Het was iets wat hij had ervaren, iets wat in zijn geheugen was blijven hangen.

Opeens wist hij weer wat het was. Het had te maken met het feit dat hij achter het huis was gestruikeld.

Hij had iets waargenomen. Zonder het te zien.

4

Wallander keerde terug naar de achterkant van het huis. Eerst wist hij niet goed waar hij nou eigenlijk over gestruikeld was. Hij snapte ook niet waarom hij de moeite nam om dat te onderzoeken.

Hij speurde de grond af. Algauw had hij gevonden wat hij zocht. Hij staarde lang naar het voorwerp dat uit de aarde stak. Aanvankelijk bleef hij roerloos staan, maar vervolgens liep hij er langzaam omheen. Hij keerde terug naar zijn uitgangspunt en ging op zijn hurken zitten. Zijn knieën waren stijf.

Er was geen twijfel mogelijk over wat daar lag, half in de grond begraven. Het waren niet de restanten van een oude hark. Het was ook geen boomwortel.

Het waren de beenderen van een hand. De botten waren bruin, maar hij twijfelde niet. Hier lagen de restanten van een menselijke hand.

Hij rechtte zijn rug. De alarmbellen die waren afgegaan toen hij met zijn hand op het portier van zijn auto had gestaan waren terecht geweest.

Hij keek rond. Andere botresten zag hij niet. Alleen de hand die uit de grond omhoogstak. Hij boog zich opnieuw voorover en krabde voorzichtig de aarde rond de hand weg. Lag er een heel skelet onder of was het alleen die hand? Hij slaagde er niet in om vast te stellen wat het geval was.

De wolken waren weggetrokken. De oktoberzon gaf een aarzelende warmte af. De kraaien bleven herrie maken in de hoge kastanje. Wallander vond de hele situatie onwerkelijk. Hij was in alle rust op een zondag naar een huis gaan kijken waarin hij zou gaan wonen en was bij toeval in de tuin over het stoffelijk overschot van een mens gestruikeld.

Verwonderd schudde hij zijn hoofd. Daarna belde hij naar het bureau. Het duurde een hele tijd voordat Martinson opnam.

'Ik zak niet verder met de prijs. Mijn vrouw vindt dat ik nu al te slap ben geweest.'

'Ik bel niet over de prijs.'

'Wat is er dan?'

'Je moet komen.'

'Is er iets gebeurd?'

'Je moet komen. Doe dat nou maar gewoon. Kom nou maar.'

Martinson stelde geen verdere vragen. In afwachting van Martinsons komst bleef Wallander in de tuin rondlopen om de grond te inspecteren. Na negentien minuten arriveerde Martinson. Hij had hard gereden. Wallander ving hem aan de voorkant van het huis op. Martinson maakte een ongeruste indruk.

'Wat is er gebeurd?'

'Ik ben gestruikeld.'

Martinson keek hem verwonderd aan.

'Bel je me om me te zeggen dat je ergens over bent gestruikeld?'

'Min of meer, ja. Ik wil dat jij ziet waar ik over gestruikeld ben.'

Ze liepen de tuin in. Wallander wees de plek aan. Martinson schrok.

'Wat is dit, verdomme?'

'Het ziet eruit als een hand. Of het deel uitmaakt van een heel skelet, kan ik natuurlijk niet zien.'

Martinson bleef de hand met een ongelovige blik bekijken.

'Ik snap er niets van.'

'Een hand is een hand. Een dode hand is een dode hand. Aangezien dit geen kerkhof is, klopt er iets niet.'

Ze bleven doodstil staan. Wallander vroeg zich af wat Martinson dacht. Hij vroeg zich ook af wat hij zelf dacht.

Het idee om een huis op het platteland te kopen kwam geen moment meer bij hem op.

5

Twee uur later was het erf afgezet en het technisch onderzoek begonnen. Martinson had geprobeerd Wallander over te halen naar huis te gaan, omdat hij vrij was. Maar Wallander peinsde er niet over zijn advies op te volgen. Zijn zondag was toch al verpest.

Hij vroeg zich af wat er zou zijn gebeurd als hij niet over die hand was gestruikeld. Als hij het huis had gekocht en pas naderhand de menselijke beenderen had ontdekt. Hoe zou hij hebben gereageerd als bleek dat er een heel skelet in de grond zat?

Hij zag de schreeuwende krantenkoppen al voor zich: RECHERCHEUR KOOPT HUIS VAN COLLEGA EN ONTDEKT ERNSTIG GEWELDSMISDRIJF.

De patholoog-anatoom, die uit Lund kwam, heette Stina Hurlén en was naar Wallanders mening veel te jong voor haar werk, maar dat zei hij natuurlijk niet. Tot haar verdiensten behoorde dat ze ijverig was.

Terwijl zij snel een voorlopig onderzoek instelde, wachtten Martinson en Wallander af. Op de achtergrond hoorden ze de nijdige stem van de hoofdinspecteur van de technische recherche, Nyberg. Er was een dekzeil weg. Wallander meende dat hij dat al duizend keer had gehoord.

Dat is altijd weg, dacht hij. In al die jaren dat ik bij de politie ben, is er altijd wel een stom dekzeil weg.

Stina Hurlén rechtte haar rug.

'Dit is absoluut een mensenhand. Van een volwassene. Niet van een kind.'

'Hoelang ligt hij hier al?'

'Dat weet ik niet.'

'Je zult toch wel iets kunnen zeggen?'

'Je weet dat ik niet van gokken houd. Bovendien ben ik geen specialist in botresten.'

Wallander nam haar een ogenblik zwijgend op.

'We gokken', zei hij ten slotte. 'Jij gokt en ik gok. Omdat we het niet weten. Maar gokken kan ons wel op weg helpen. Ook als blijkt dat we fout zaten.'

Stina Hurlén dacht na.

'Ik kan het helemaal mis hebben, maar ik denk dat die hand hier al lang ligt.'

'Waarom denk je dat?'

'Ik weet het niet. Het is niet eens een kwestie van geloven. Ik gok gewoon. Misschien kun je zeggen dat mijn ervaring is ingesteld op de automatische piloot.'

Wallander liet haar aan haar lot over en liep naar Martinson, die stond te bellen. Hij had een koffiemok in zijn hand, die hij aan Wallander gaf. Geen van beiden gebruikte suiker of melk in de koffie. Wallander nam een slok. Martinson beëindigde zijn gesprek.

'Hurlén denkt dat die hand daar al een hele tijd ligt.'

'Hurlén?'

'De lijkschouwer. Heb je nog nooit met haar te maken gehad?'

'Er zitten daar in Lund toch steeds nieuwe? Waar zijn de oude lijkschouwers gebleven? Die verdwijnen gewoon naar hun privéhemel.'

'Waar die anderen ook zitten, Hurlén dacht in ieder geval dat die hand daar al lang lag. Dat kan natuurlijk van alles betekenen. Maar jij kent de geschiedenis van dit huis misschien?'

'Niet echt. De verkoper, Karl Eriksson, heeft het ongeveer dertig jaar gehad. Maar van wie hij het gekocht heeft, weet ik niet.'

Ze liepen naar binnen en gingen aan de keukentafel zitten. Wallander vond dat het net was of hij zich in een heel ander huis bevond dan het huis waarvan hij zich een paar uur geleden nog had lopen afvragen of hij het al dan niet zou kopen.

'Ik denk dat we de hele tuin zullen moeten afgraven', zei Martinson. 'Maar blijkbaar gaan ze eerst een nieuw apparaat testen, een soort detector voor het vinden van menselijke lichamen. Ongeveer zoals je naar metaal zoekt. Nyberg gelooft er helemaal niet in, maar de baas staat erop. Nyberg hoopt natuurlijk dat dat stomme apparaat niet blijkt te deugen en daar verheugt hij zich nou al op. Dan kan hij op de oude, fatsoenlijke manier gaan graven met de schop.'

'Wat gebeurt er als we niets vinden?'

Martinson fronste zijn wenkbrauwen.

'Hoe bedoel je?'

'Wat denk je? Er ligt een hand in de grond. Dan zal er hier nog wel meer liggen. Een heel lichaam. Ik bedoel: hoe komt een dode hand hier zomaar terecht? Heeft een kraai die ergens opgepikt en toevallig hier in de tuin weer losgelaten? Groeien er handen in dit deel van het land? Of regenen er dit najaar handen in Löderup?'

'Je hebt gelijk', zei Martinson. 'Er moet meer liggen.'

Peinzend stond Wallander door het raam de tuin in te kijken.

'Niemand weet wat we zullen aantreffen', zei hij. 'Misschien wel een heel kerkhof.'

Ze liepen de tuin weer in. Martinson overlegde met Nyberg en enkele van de andere technische rechercheurs. Wallander dacht aan zijn hond. Die leek hem op dit moment verder weg dan ooit.

Martinson en Wallander keerden terug naar het bureau. Ze parkeerden hun auto's en liepen naar Martinsons kamer, die rommeliger was dan Wallander ooit had meegemaakt. Langgeleden was Martinson een uiterst ordelijke, bijna overdreven keurige politieman. Nu leefde hij in een chaos en voor een buitenstaander leek het onmogelijk dat hij ook maar één papier zou kunnen terugvinden.

Martinson leek Wallanders gedachten te kunnen raden.

'Het is hier een verdomde zooi', zei hij somber, terwijl hij wat paperassen van zijn stoel haalde. 'Ik probeer op te ruimen. Maar wat ik ook doe, de hele tijd komt er meer papier bij.'

'Bij mij is het net zo', zei Wallander. 'Toen ik een beetje met de computer overweg kon, dacht ik dat die stapels papier wel zouden verminderen. Maar het is precies andersom.'

'Ga naar huis', zei Martinson. 'Je bent vandaag vrij. Ik maak mezelf verwijten dat ik jou heb gevraagd naar dat huis te gaan kijken.'

'Het sprak me wel aan', zei Wallander terwijl hij opstond. 'Het sprak me wel aan en ik was van plan geweest je te bellen om te zeggen dat ik het zou kopen. Maar nou weet ik het niet meer.'

Martinson liep met hem mee naar de receptie.

'Wat hebben we nou gevonden?' zei Wallander. 'Een hand, de restanten van een hand. In een tuin.'

Hij onderbrak zichzelf, omdat een conclusie niet nodig was. Ze moesten een moordzaak oplossen. Als die hand daar althans niet al zo lang had gelegen dat de doodsoorzaak of identiteit niet meer was vast te stellen.

'Ik bel je', zei Martinson. 'Als er niets gebeurt, zien we elkaar morgen.'

'Om acht uur', zei Wallander. 'Dan nemen we de zaak door. Als ik Nyberg een beetje ken, dan blijft hij daar de hele nacht graven.'

Martinson keerde terug naar zijn kamer. Wallander stapte in zijn auto, maar kreeg spijt en liet hem staan. Hij maakte een rondje door de stad en kocht bij een kiosk in de buurt van het station een avondkrant.

Het wolkendek had zich weer verdicht. Het was kouder geworden.

6

Kurt Wallander deed de voordeur open en luisterde. Linda was niet thuis. Hij zette koffie en ging aan de keukentafel zitten. Tijdens zijn bezoek was hij een kort moment overtuigd geweest. Dit was het huis dat hij zocht. Dit huis en geen ander. En toen veranderde het in een plaats van een misdrijf. Of althans in een tuin met een duister geheim.

Ik zal nooit een huis vinden, dacht hij. Geen huis, geen hond, en ook geen nieuwe vrouw. Alles blijft bij het oude.

Hij dronk zijn koffie op en ging op bed liggen. Omdat het zondag was, had hij eigenlijk aan zijn gewoonte trouw moeten blijven, de gewoonte die Linda had ingevoerd, en zijn bed moeten verschonen. Maar hij kon er de puf niet voor opbrengen.

Toen hij wakker werd, had hij meer dan twee uur geslapen. Buiten begon het al te schemeren. Linda was nog steeds niet thuis. Hij ging naar de keuken om water te drinken. Toen hij het glas op het aanrecht neerzette, ging de telefoon.

'Met Wallander.'

'Met Nyberg. We zitten te wachten.'

'Waarop?'

'Wat dacht je? Op jou.'

'Waarom wachten jullie op mij?'

Nyberg hijgde in de telefoon. Wallander realiseerde zich dat Nyberg moe en geïrriteerd was.

'Hebben ze je van de receptie niet gebeld?'

'Er heeft niemand gebeld.'

'Hoe kun je nou verdomme politiewerk doen wanneer je er niet eens op kunt vertrouwen dat een simpele boodschap wordt doorgegeven?'

'Trek het je niet aan. Wat is er gebeurd?'

'We hebben een lichaam gevonden.'

'Een lichaam of een skelet?'

'Wat dacht je? Een skelet natuurlijk.'

'Ik kom eraan.'

Wallander hing op, zocht in zijn kast een trui en schreef een briefje dat hij op de keukentafel legde. 'Geen eten, moet werken.' Snel liep hij naar het politiebureau om zijn auto op te halen. Toen hij daar aankwam, realiseerde hij zich dat hij de autosleutels op de keukentafel had laten liggen.

Even had hij het gevoel dat hij in huilen zou uitbarsten. Of gewoon zou weggaan. Zonder om te kijken. Om nooit meer terug te komen.

Hij voelde zich een idioot. Een idioot met wie hij heel even medelijden had. Daarna liep hij naar een surveillancewagen om aan de dienstdoende agent te vragen of hij hem naar de vindplaats van het skelet wilde brengen. Zijn zelfmedelijden verdween. In plaats daarvan besloot hij dat hij boos zou zijn wanneer hij in Löderup aankwam. Niemand had doorgegeven dat hij moest komen.

Hij leunde in de auto achterover en luisterde naar de oproepen die over de radio binnenkwamen. Het beeld van zijn vader dook op in zijn gedachten.

Ooit had hij een vader gehad. Op een dag was hij verdwenen. Opeens was de tijd, de afstand tussen de levende vader en de urn die hij in een kuil op de begraafplaats had gezet, bijna uitgewist. Het was alsof het gisteren was gebeurd. Of dat het maar een droom was.

Krachtige schijnwerpers verlichtten de tuin. Iedere keer dat Wallander 's nachts op een plek kwam waar gewerkt werd, kreeg hij het gevoel dat hij een filmset betrad.

Nyberg kwam naar hem toe. Hij zat tot zijn keel onder de aarde en de modder. Nybergs smerige overalls waren zo bekend dat ze in de lokale nieuwjaarsrevue een keer het onderwerp voor een sketch waren geweest.

'Ik weet niet waarom ze je niet hebben gebeld', zei hij.

Wallander stak afwerend zijn hand op.

'Het maakt niet uit. Wat hebben jullie gevonden?'

'Dat heb ik al verteld.'

'Een skelet?'

'Precies.'

Wallander liep met hem mee naar een plek vlak naast de plaats waar hij was gestruikeld. Er was een kuil gegraven van ruim een meter diep. Daar lag het stoffelijk overschot van een dode. Afgezien van de botresten die grotendeels intact waren, lagen er alleen wat overblijfselen van kledingstukken.

Wallander liep rond het lijk. Nyberg hoestte en snoot zijn neus. Martinson kwam geeuwend het huis uit en nam Wallander op, maar die zei niets voordat hij zijn rondje voltooid had.

'Waar is Hurlén?'

'Die was net naar huis gegaan', zei Nyberg met een ironische ondertoon in zijn stem. 'Maar toen we meer botten begonnen te vinden heb ik haar gebeld. Ze komt er zo aan.'

Wallander en Martinson gingen op hun hurken zitten.

'Een man of een vrouw?'

Die vraag kwam van Martinson. Wallander wist dat je het verschil tussen een man of een vrouw bij een skelet het gemakkelijkst kon bepalen aan de hand van het bekken, dat bij beide geslachten verschilde. Maar waar moest hij eigenlijk op letten? Dat wist hij niet meer.

'Een man', zei hij. 'Vermoedelijk omdat ik dat hoop.'

Martinson keek hem vragend aan.

'Waarom?'

'Ik weet het niet. Ik vind het geen prettig idee dat ik op het punt heb gestaan een huis te kopen waar een dode vrouw in de tuin begraven lag.'

Hij kwam met krakende knieën overeind.

'Raar, hè, van die hand', zei Wallander. 'Waarom is die nou uit de grond omhooggekomen?'

'Misschien dat hij naar ons wilde wuiven om aan te geven dat er iets in de grond zat wat er niet hoort te zijn.'

Martinson voelde zelf dat hij een belachelijk antwoord gaf, maar Wallander zei niets. Stina Hurlén kwam het licht van de schijnwerpers binnenstappen. Haar rubberen laarzen maakten in de platgetrapte grond een soppend geluid. Ze deed hetzelfde als Wallander: ze cirkelde rond de kuil en liet zich daarna op haar hurken zakken.

'Een man of een vrouw?' vroeg Wallander.

'Een vrouw', zei Stina Hurlén. 'Absoluut een vrouw. Daar hoef ik niet eens naar te raden. Maar vraag me niet naar de leeftijd, en vraag me verder ook niets. Ik ben te moe om te raden.'

'Nog één ding', zei Martinson. 'Denk je nog steeds dat ze hier al lang ligt?'

'Ik denk niets. Dat raad ik.'

'Zie jij iets wat op een doodsoorzaak kan wijzen?' vroeg Martinson.

'Dat waren twee vragen', zei Stina Hurlén. 'Eén vraag te veel. Ik geef je geen antwoord.'

'Die hand', zei Wallander. 'Waarom steekt die omhoog?'

'Dat is niet ongebruikelijk', antwoordde Nyberg toen een reactie van Stina Hurlén uitbleef. 'Wat in de grond zit, beweegt. Het grondwaterpeil kan variëren. Bovendien zit er beweging in de Skånse klei. Je hebt hier zwelklei. Persoonlijk denk ik dat die hand na al die regen van dit najaar naar boven is gekomen. Maar woelmuizen kunnen natuurlijk ook de oorzaak zijn.'

Nybergs telefoon ging en hij kon zijn analyse niet afmaken.

'Wat bedoelde hij volgens jou?' vroeg Martinson. 'Met die woelmuizen?'

'Ik heb Nyberg altijd een geweldige technisch rechercheur gevonden. Maar ik ben ook absoluut van mening dat hij slecht is in het uitleggen van wat hij bedoelt', antwoordde Wallander.

'Ik ga naar huis om te slapen', zei Martinson. 'Volgens mij zou jij dat ook moeten doen. Hier kunnen wij toch niet meer zoveel uitrichten.'

Martinson bracht Wallander naar huis. Zoals gewoonlijk reed hij schokkerig en onregelmatig, maar Wallander zei niets. Daar was hij jaren geleden al mee opgehouden. Martinson zou zijn manier van autorijden nooit veranderen.

7

Toen Kurt Wallander de deur binnenstapte, was Linda nog wakker. Ze kwam hem in haar ochtendjas tegemoet en keek naar zijn modderige schoenen. Ze gingen in de keuken zitten en hij vertelde wat er was gebeurd.

'Wat een vreemd verhaal', zei ze toen hij zweeg. 'Een huis waar Martinson jou een tip over heeft gegeven? Waar een lijk begraven ligt?'

'Het klinkt gek, maar zo is het.'

'Wie is het?'

'Hoe moet ik dat nou weten, verdomme?'

'Waarom klink je zo boos?'

'Ik ben moe. En misschien ook teleurgesteld. Ik vond het een leuk huis. En met de prijs zou ik ook geen problemen hebben gehad.'

Ze klopte hem op zijn arm.

'Er zijn meer huizen', zei ze. 'Bovendien heb je nog een dak boven je hoofd.'

'Ik denk dat ik teleurgesteld ben', herhaalde Wallander. 'Vandaag had ik best een opsteker kunnen gebruiken. En niet een skelet dat uit de grond omhoogkomt.'

8

Toen Wallander op maandagochtend 29 oktober de deur van de vergaderkamer van het politiebureau achter zich dichtdeed, was het twee minuten over acht. Hij had slecht geslapen en was moe. Bovendien was zijn scheerapparaat stukgegaan. Daarom was hij ongeschoren en voelde hij zich vies. Rond de tafel zaten de mensen die hij gewend was aan zijn zijde te hebben. Met enkelen van hen werkte hij al meer dan twintig jaar samen. Het waren mensen die het belangrijkste deel van zijn leven bevolkten. Hij was nu zelf degene met de meeste dienstjaren als rechercheur in Ystad. Ooit was hij de jongste geweest.

Hij haalde diep adem en wendde zich tot Nyberg, die Wallander aankeek met bloeddoorlopen ogen. Nyberg had al met pensioen zullen gaan, maar was opeens van gedachten veranderd. Dat verbaasde Wallander niet. Zonder zijn werk, alle onaangename kanten daarvan ten spijt, zou Nyberg het leven zinloos vinden.

'Een lijk', zei Nyberg. 'Een skelet, wat vergane kledingresten. Het is niet mijn verantwoordelijkheid om tussen die botresten naar de doodsoorzaak te zoeken, maar het lijkt erop dat er geen gebroken of ingeslagen botten bij zitten. Verder heb ik niets gevonden. De vraag is natuurlijk of we eigenlijk niet de hele tuin moeten omspitten.'

'Hoe ging het met het nieuwe apparaat?' vroeg Lisa Holgersson, die hoofdcommissaris was van het politiedistrict.

'Precies zoals ik al verwacht had', gromde Nyberg. 'Pure rotzooi die de Zweedse politie zich door een of andere idioot heeft laten aansmeren.'

Wallander had moeite om zijn lachen in te houden. Nyberg kon humeurig zijn en moeilijk om mee samen te werken, maar hij had wel een heel eigen gevoel voor humor. Wallander wendde zich tot Martinson, die 's ochtends met Stina Hurlén had gesproken.

'Stina Hurlén heeft tijd nodig', zei Martinson, terwijl hij in zijn notitieblok zat te bladeren. 'De botten moeten onderzocht worden. Maar ze dacht wel dat ze ons in de loop van de dag al iets meer zou kunnen vertellen.'

Wallander knikte.

'Dat is wat we hebben', zei hij. 'Niet veel. Maar we moeten er natuurlijk op voorbereid zijn dat dit een moordzaak is. Op dit moment moeten we afwachten waar Stina Hurlén mee komt. Waar we mee kunnen beginnen, is kijken of we iets over de geschiedenis van dat huis en de mensen die er gewoond hebben aan het licht kunnen brengen. Is er bij hen bijvoorbeeld sprake van een verdwijning? Die vraag kunnen we ons stellen. Martinson, omdat een familielid van jou eigenaar van het huis is, kun jij je daar misschien maar het beste over buigen.'

Wallander liet zijn handpalmen op tafel neerdalen ten teken dat het overleg afgelopen was. Toen ze de kamer uitliepen, hield Lisa Holgersson hem staande.

'De media willen je spreken', zei ze.

'We hebben een skelet gevonden. Meer valt er niet te vertellen.'

'Je weet dat journalisten dol zijn op verdwijningen. Kun je verder niets zeggen?'

'Nee. Als recherche moeten we eerst meer feiten hebben. De journalisten zullen dus ook moeten wachten.'

De rest van de dag besteedde Wallander aan een onderzoek naar een Pool die tijdens een hevige vechtpartij in dronkenschap een inwoner van Ystad had doodgeslagen. Er waren veel mensen bij het drinkgelag aanwezig geweest, maar ze herinnerden zich allemaal iets anders of helemaal niets. De man uit Polen die zijn drinkebroer vermoedelijk had vermoord, wijzigde zijn verklaringen voortdurend. Wallander had al urenlang troosteloze gesprekken met de betrokkenen gevoerd. Hij had de officier van justitie gevraagd of het echt de moeite waard was om met het werk door te gaan. Maar de officier, die jong, nieuw en enthousiast was, had erop gestaan. Een man, dronken of niet, die een ander mens had doodgeslagen moest zijn straf krijgen. Daar kon Wallander natuurlijk niets tegen inbrengen, maar zijn ervaring zei hem dat ze nooit helderheid in deze zaak zouden kunnen scheppen, hoelang hij of zijn collega's ook met het onderzoek bezig bleven.

Af en toe kwam Martinson de kamer binnen om te vertellen dat Stina Hurlén nog niets van zich had laten horen. Even na tweeën stond Linda in dezelfde deuropening om te vragen of hij niet ging lunchen. Hij schudde zijn hoofd en vroeg haar of zij een broodje voor hem wilde kopen als ze naar buiten ging. Toen ze de kamer had verlaten besefte hij dat hij er nog steeds niet aan gewend was dat zijn eigen dochter nu een volwassen mens was, en dan ook nog een politieagente, en dat ze op dezelfde plek werkte als hij.

Ze kwam het broodje in een zakje brengen. Wallander legde de omvangrijke ordner weg waarin het complete dossier over het drinkgelag zat. Hij at zijn broodje op, deed de deur dicht en leunde achterover in zijn stoel om even uit te rusten. Zoals gewoonlijk nam hij zijn sleutelbos in de hand. Wanneer hij in slaap viel, zou hij die laten vallen en op die manier weten dat het tijd was om weer wakker te worden.

Hij viel in slaap. De sleutelbos viel op de grond. Dat hij wakker werd, kwam echter doordat Martinson de deur opendeed zonder te kloppen.

Wallander begreep meteen dat Stina Hurlén wat van zich had laten horen.

9

Het nog niet definitieve forensisch rapport uit Lund was door een koerier gebracht. Het lag op Martinsons bureau.

'Volgens mij is het beter als je het zelf leest', zei Martinson.

'Dat betekent dus dat de vondst van dit skelet leidt tot wat wij al hadden verwacht? Een misdaadonderzoek?'

'Daar ziet het wel naar uit.'

Martinson ging koffie halen terwijl Wallander het rapport las. Stina Hurlén schreef simpel en duidelijk. Wallander had zich in de loop der jaren vaak afgevraagd hoe het toch kwam dat bepaalde agenten, gerechtsartsen, officieren van justitie of verdedigers soms zulke hopeloos logge teksten schreven. In plaats van eenvoudige en heldere zinnen te schrijven braakten ze een massa woorden uit.

Het kostte hem ruim tien minuten om het rapport door te lezen. Iedere keer dat hij een belangrijk document in handen had, dwong hij zichzelf om langzaam te lezen, zodat zijn hersens het konden bijbenen.

Stina Hurlén constateerde dat de dode zonder enige twijfel een vrouw was. Volgens haar beoordeling was de vrouw een jaar of vijftig geweest toen ze stierf. Er waren nog verdere analyses nodig om haar leeftijd exact te kunnen vaststellen, maar Stina Hurlén kon nu al constateren wat de waarschijnlijke doodsoorzaak was. De vrouw was op een gewelddadige manier door verstikking om het leven gekomen. Haar nekwervels vertoonden letsel dat erop wees dat de verstikking het gevolg van ophanging kon zijn. Stina Hurlén kon natuurlijk niet met zekerheid zeggen of het letsel haar na haar dood was toegebracht, maar dat leek haar niet waarschijnlijk. In dit stadium kon ze nog niet verklaren hoelang de vrouw al dood was, maar er waren tekenen die erop wezen dat ze al jaren in haar graf lag.

Wallander legde het rapport weg en pakte het koffiekopje dat Martinson had neergezet.

'Wat weten we?' zei Wallander. 'Als we het samenvatten.'

'Buitengewoon weinig. Een dode vrouw in een kuil in een tuin in Löderup. Die ongeveer vijftig jaar was toen ze stierf. Maar we weten niet wanneer ze is gestorven. Als ik Hurlén goed interpreteer, kan die vrouw al honderd jaar in de grond hebben gelegen. Of nog langer.'

'Of korter', zei Wallander. 'Hoe heet die man van wie het huis is? Jouw familielid?'

'Karl Eriksson. Hij is een soort neef. Het is me niet helemaal duidelijk hoe het in elkaar zit.'

Wallander schudde zijn hoofd.

'Je hebt een neef of je hebt geen neef. Ik denk dat we maar beter met hem kunnen gaan praten.'

'Nee', antwoordde Martinson. 'Ik geloof niet dat dat zo'n geweldig goed idee is.'

'Waarom niet?'

'Hij is ziek. Hij is oud.'

'Dat je oud bent, betekent niet dat je ziek bent. Wat bedoel je?'

Martinson liep naar het raam en keek naar buiten.

'Ik bedoel gewoon dat mijn neef Karl Eriksson tweeënnegentig jaar is. Tot een paar maanden geleden had hij alles nog goed op een rijtje. Maar toen is er iets gebeurd. Op een dag liep hij naakt de straat op en toen mensen hem wilden helpen wist hij niet wie hij was of waar hij woonde. Tot die tijd kon hij zich goed in zijn eentje redden. Dementie is meestal een sluipend proces, maar bij hem sloeg het plotseling toe.'

Wallander keek Martinson vragend aan.

'Maar als hij zo plotseling dement is geworden? Hoe kon hij jou dan vragen om de verkoop van het huis te regelen?'

'Dat heb ik al verteld. Dat hadden we jaren geleden al een keer schriftelijk vastgelegd. Misschien voelde hij aankomen dat hij op een dag in de mist zou verdwijnen en wilde hij zijn zaken op orde hebben.'

'Heeft hij geen heldere momenten meer?'

'Nee. Hij herkent niemand. De enige over wie hij het heeft, is zijn moeder die ongeveer zeventig jaar geleden is overleden. Hij zegt dat hij melk moet halen. Dat herhaalt hij voortdurend als hij wakker is. Hij woont in een psychogeriatrisch verpleeghuis.'

'Maar er zal toch wel iemand anders zijn die vragen kan beantwoorden?'

'Nee. Zijn vrouw is ergens in de jaren zeventig overleden. Ze hebben geen kinderen. Of ja, ze hadden twee kinderen, twee dochters, die langgeleden bij een vreselijk ongeluk in een gierput zijn verdronken. Andere familieleden zijn er niet. Ze leefden geïsoleerd. Ze hadden alleen af en toe contact met mij en mijn gezin.'

Wallander werd ongeduldig. Bovendien had hij honger. Het broodje dat Linda hem had gegeven was allang verteerd.

'We moeten met het huis beginnen', zei hij terwijl hij opstond. 'Alle mensen hebben een geschiedenis. Zo hebben huizen ook een geschiedenis. Er moeten koopaktes zijn. We gaan naar Lisa om met haar te praten.'

Lisa Holgersson was de eerste vrouwelijke hoofdcommissaris onder wie Wallander had gewerkt. Toen ze ergens in de jaren negentig naar Ystad kwam, was hij aanvankelijk even sceptisch geweest als alle andere, in hoofdzaak mannelijke, agenten. Maar hij was de eerste geweest die had ingezien dat Lisa Holgersson heel bekwaam was. Hij begreep dat zij misschien de beste baas zou worden die hij ooit had gehad. In de jaren die verstreken had hij geen aanleiding gehad om zijn mening te herzien, ook al hadden ze af en toe heftige conflicten.

Ze gingen in Lisa's kamer zitten. Wallander liet Martinson het woord doen over Stina Hurléns rapport en de demente Karl Eriksson. Tijdens hun samenwerking was het een gewoonte geworden allerlei zaken om de beurt te presenteren, zodat de ander kon luisteren en de zaak met een frisse blik kon bekijken.

'We kunnen hier niet veel capaciteit voor vrijmaken', zei Lisa Holgersson toen Martinson zweeg.

Wallander realiseerde zich dat dit precies de opmerking was die hij had verwacht. De laatste jaren had hij gemerkt dat van de capaciteit die de politie ten dienste stond steeds minder werd vrijgemaakt voor wat eigenlijk het belangrijkste hoorde te zijn:

het veldwerk. Steeds meer van zijn collega's zaten aan hun bureaus gekluisterd of werkten volgens verwarrende en zinloze prioriteiten, die voortdurend werden bijgesteld. Een oude moord, als dat het althans was wat in Löderup aan het licht was gekomen, was niet iets wat prioriteit zou krijgen.

Hij had dit antwoord verwacht, maar werd toch boos.

'We komen je informeren', zei hij. 'We komen je nu alleen maar vertellen wat we weten. Misschien zouden we toch een soort basisonderzoek moeten instellen. We vragen geen middelen. Althans niet voordat we een uitvoeriger rapport van het forensisch instituut in Lund hebben gekregen. En Nybergs rapport.'

Hij wist zich zo goed te beheersen dat Lisa Holgersson niets van zijn nijdigheid merkte. Maar Martinson doorzag hem natuurlijk.

Wallander voelde hoe zijn ongeduld toenam. Hij stond snel op.

'We gaan daar even een kijkje nemen', zei hij monter. 'Wie weet wat we vinden.'

Hij verliet de kamer en beende snel de gang door. Martinson kwam half rennend achter hem aan.

'Ik dacht dat je een woedeaanval zou krijgen', zei Martinson. 'Echt zo'n onaangename razernij voor op een maandag in oktober wanneer de winter naderbij komt.'

'Je kletst te veel', antwoordde Wallander. 'Ga je jas halen, dan rijden we naar het platteland.'

10

Toen ze in Löderup aankwamen, waren bijna alle schijnwerpers uit. Een dekzeil lag over het gat waarin ze het lijk hadden gevonden. Een eenzame politieauto stond bij de afzettingen. Nyberg en de andere technici waren vertrokken. Wallander had de sleutels nog steeds op zak. Hij gaf de bos aan Martinson.

'Ik ben hier nu niet om een huis te bezichtigen', zei hij. 'Het zijn jouw sleutels, jij moet maar opendoen.'

'Waarom maak je het allemaal zo ingewikkeld?' vroeg Martinson.

Een antwoord wachtte hij niet af. Ze stapten het huis binnen en deden het licht aan.

'Eigendomsgegevens', zei Wallander. 'Papieren die het verhaal van dit huis vertellen. Laten we ons daar een poosje mee bezighouden. Verder wachten we tot de technische recherche en de artsen hun zegje hebben gedaan.'

'Ik heb Stefan gevraagd om wat oude rapporten over vermissingen door te nemen', zei Martinson. 'Ik geloof dat Linda hem zou helpen.'

Stefan Lindman was ook dit najaar bij de politie in Ystad komen werken. Wallander had al snel ontdekt dat Linda en hij een soort relatie hadden. Wanneer hij daarover met haar probeerde te praten kreeg hij voornamelijk afwijzende antwoorden. Hij was op Stefan Lindman gesteld. Het was een goede politieman. Maar hij kon niet aan de gedachte wennen dat zijn dochter hem niet meer als de belangrijkste man in haar leven beschouwde.

Ze begonnen ieder aan een andere kant van het huis: Martinson in de slaapkamer en Wallander in wat een combinatie leek te zijn van salon en werkkamer.

Toen Martinson hem alleen liet, bleef hij heel even doodstil staan en liet zijn blik en gedachten door de kamer glijden. Was hier ooit een vrouw geweest die om een of andere reden was vermoord en in de tuin begraven? Waarom had niemand haar gemist, als ze hier had gewoond? Wat had zich hier in huis afgespeeld? Twintig jaar geleden? Vijftig jaar geleden? Misschien honderd jaar geleden?

Hij begon systematisch te zoeken. Eerst met zijn ogen. Mensen lieten altijd sporen na. Mensen waren bovendien net hamsters. Ze bewaarden dingen, vooral papieren. Zijn oog viel op een bureau dat voor een raam stond. Daar zou hij mee beginnen. Het bureau was donkerbruin en vermoedelijk oud. Hij ging in de bureaustoel zitten en begon aan de laden te voelen. Die zaten op slot. Hij zocht op het bureau of er ook ergens een sleutel lag. Vervolgens voelde hij met zijn vingers onder het bureau. Geen sleutels. Hij tilde de zware bureaulamp van messing op. Er lag een sleutel aan een zijden bandje onder. Hij maakte het ladenblok open. De bovenste van de vijf laden zat vol met oude pennen, lege inktpotten, een bril en stof. Wallander besefte dat niets hem zo mistroostig stemde als de aanblik van een oude bril waar niemand meer om vroeg. Hij trok de volgende lade open. Daarin lag een bundel kopieën van oude belastingaangiften. Hij zag dat de oudste uit 1952 dateerde. In dat jaar hadden Karl Eriksson en zijn vrouw een inkomen van honderdnegentig kronen opgegeven. Was dat wat je kon verwachten of was het een verbazingwekkend laag bedrag? Hij besloot het laatste. In de derde lade lagen diverse agenda's. Hij bladerde er een paar door. Er stonden geen persoonlijke gegevens in, zelfs geen aantekeningen over verjaardagen, alleen over de inkoop van zaad, de reparatiekosten van een dorsmachine, een nieuw wiel van een tractor. Hij legde de agenda's terug. Iedere keer dat hij de eigendommen van andere mensen doorzocht, vroeg hij zich af hoe iemand het eigenlijk kon verdragen om een dief te zijn. Om iedere dag op pad te gaan en tussen de kleren en persoonlijke bezittingen van andere mensen te zitten rommelen.

Hij opende de vierde en op een na laatste lade. Daarin vond hij wat hij zocht. Een map met het woord 'koopakte' in inkt geschreven. Hij pakte hem voorzichtig op, trok de bureaulamp naar zich toe, richtte het licht zo dat hij goed leeslicht had en begon te bladeren. Het eerste wat hij tegenkwam, was een koopakte, gedateerd 18 november 1968. Karl Eriksson en zijn vrouw Emma kochten het huis en de grond van de erfgenamen van boer Gustav Vilfrid Henander. Die erfgenamen waren de weduwe Laura en drie kinderen: Tore, Lars en Kristina. De koopsom bedroeg tweehonderdvijfennegentigduizend kronen. Karl Eriksson nam een hypotheek van dertigduizend kronen op het huis over. De transactie werd afgesloten bij de Sparbank in Ystad.

Wallander haalde een notitieblokje en een pen uit zijn jaszak. Vroeger had hij bijna altijd gewoon aantekeningen gemaakt op allerlei briefjes en op de achterkant van bonnetjes, maar Linda had een aantal notitieblokjes gekocht en die in de zakken van zijn diverse jassen en jacks gestoken. Hij noteerde de twee data. Bovenaan schreef hij de huidige datum: 29 oktober 2001. Daaronder 18 november 1968. Een tijdvak van drieëndertig jaar, een hele generatie. Hij noteerde alle namen die in de koopakte stonden en legde die apart, en vervolgde toen zijn terugtocht door de documenten. De meeste waren niet belangrijk, maar hij ging voorzichtig te werk. Je bewegen tussen documenten kon even gevaarlijk zijn als je bewegen door een donker bos. Je kon struikelen, vallen, verdwalen. Ergens in huis ging Martinsons telefoon. Wallander nam aan dat het zijn vrouw was. Ze spraken elkaar iedere dag een aantal keren telefonisch. Wallander vroeg zich vaak af wat ze elkaar steeds te zeggen konden hebben. Hij kon zich niet herinneren dat in de jaren dat hij met Mona, de moeder van Linda, getrouwd was geweest hij haar of zij hem ooit had gebeld. Werk was werk; praten deed je daarvoor of daarna maar. Hij vroeg zich af of dat ertoe had bijgedragen dat hun huwelijk was stukgelopen. Dat hij haar te weinig had gebeld. Of zij hem.

Hij bladerde verder. Stopte. Hij had een oude koopakte in handen, een gewaarmerkte kopie. Die was uit 1949 en verstrekt aan Gustav Vilfrid Henander. Hij had de boerderij Legshult, kavel 2:19, gekocht van Ludvig Hansson, die werd beschreven als weduwnaar en enig eigenaar van de boerderij. De koopsom bedroeg achtenzeventigduizend kronen en ditmaal was de transactie afgesloten bij de Boerenleenbank in Skurup.

Wallander maakte aantekeningen. Er had zich opnieuw een tijdvak afgetekend. Vanaf 2001 was hij nu tweeënvijftig jaar terug in de tijd gegaan. Hij glimlachte in stilte. Toen Ludvig Hansson de boerderij aan Gustav Vilfrid Henander verkocht, was Wallander twee jaar oud geweest. Hij woonde toen nog in Limhamn. Zelf had hij geen herinneringen aan die tijd. Ludvig Hansson had zijn boerderij al van de hand gedaan toen Wallander net eigen herinneringen als levend wezen begon te krijgen.

Hij zocht verder. Martinson had zijn telefoongesprek beëindigd en liep te fluiten. Wallander dacht dat het iets was wat Whitney Houston had opgenomen. Misschien was het wel 'Woman in Love'. Hij bladerde verder, maar vond geen andere documenten die hem nog verder terug in de tijd voerden. Ludvig Hansson verliet de boerderij in 1949. In de bureaulade lagen geen antwoorden op de vraag wat er voor die tijd gebeurd was.

Hij nam de laatste lade door zonder iets te vinden. Ook een hoekkast en een secretaire onthulden niets belangwekkends.

Martinson kwam binnen, ging op een stoel zitten en geeuwde. Wallander vertelde wat hij had gevonden. Martinson schudde zijn hoofd toen hij hem de papieren overhandigde.

'Ik hoef niet te kijken. Ludvig Hansson. Die naam zegt me niets.'

'We zoeken verder in de registers van het kadaster', zei Wallander. 'Morgen. Maar we hebben nu in ieder geval een soort basisgeschiedenis die vijftig jaar teruggaat in de tijd. Heb jij iets gevonden?'

'Nee. Een paar fotoalbums. Maar niet iets wat meteen licht op deze vrouw werpt.'

Wallander knoopte de map met de koopaktes dicht.

'We moeten met de buren praten', zei hij. 'Althans de naaste buren. Weet jij ook of iemand van hen een speciale band heeft met Karl Eriksson?'

'Dat moeten de mensen zijn in het rode huis links na de afslag. Waar nog een oude melkkruk staat.'

Wallander wist welk huis en welke melkkruk hij bedoelde. Hij meende zich ook te herinneren dat in dat huis iemand een keer een schilderij van zijn vader had gekocht. Maar of dat er een was met of zonder auerhaan wist hij niet meer.

'Daar woont een oude vrouw die Elin heet', zei Martinson. 'Trulsson van achternaam. Zij is een paar keer bij Karl op bezoek geweest. Maar zij is ook oud. Maar misschien niet zo dement.'

Wallander stond op.

'Morgen', zei hij. 'Morgen gaan we met haar praten.'

11

Toen Kurt Wallander thuiskwam, wachtte hem een verrassing: Linda had gekookt. Hoewel het een gewone doordeweekse dag was, kwam hij in de verleiding een fles wijn open te trekken. Dan zou Linda echter meteen op hem beginnen te vitten. Hij liet de fles staan. In plaats daarvan vertelde hij haar over het hernieuwde bezoek dat Martinson en hij in Löderup hadden afgelegd.

'Hebben jullie iets gevonden?'

'Ik heb een zeker overzicht gekregen van wie de laatste vijftig jaar de eigenaars zijn geweest. Maar het valt natuurlijk nog niet te zeggen of dat iets betekent.'

'Ik heb met Stefan gepraat. Hij had niet direct een vermiste vrouw gevonden die in het plaatje zou kunnen passen.'

'Dat had ik ook niet verwacht.'

Ze aten zwijgend verder. Pas bij de koffie hernamen ze hun gesprek.

'Je had het huis kunnen kopen', zei ze. 'Je had daar tot aan je dood kunnen rondlopen zonder te weten dat er een kerkhof in je tuin lag. Je had daar de rest van je leven kunnen doorbrengen en 's zomers op blote voeten in het gras kunnen lopen zonder te weten dat dat een graf bedekte.'

'Ik zit aan die hand te denken', zei hij. 'Er is een oorzaak waardoor die aan de oppervlakte kwam. Maar als je geneigd bent in spoken te geloven kun je natuurlijk denken dat die hand omhoogstak om de aandacht te trekken van de rechercheur die op bezoek kwam.'

Hun gesprek werd onderbroken doordat Linda's mobieltje ging. Ze beantwoordde het gesprek, luisterde en hing op.

'Dat was Stefan. Ik ga naar hem toe.'

Wallander werd overvallen door een knagend gevoel van jaloezie. Onwillekeurig vertrok hij zijn gezicht en Linda zag dat.

'Wat is er?'

'Niets.'

'Ik zie toch dat er iets is. Je vertrekt je gezicht.'

'Er zit gewoon iets tussen mijn tanden.'

'Echt, tegenover mij zul jij nooit leren liegen.'

'Ik ben gewoon een simpele jaloerse oude vader. Anders niets.'

'Neem een vrouw. Je weet wat ik je gezegd heb. Het wordt hoog tijd dat je met iemand neukt, anders ga je dood.'

'Je weet dat ik er niet van houd dat je zulke woorden gebruikt.'

'Volgens mij moet jij af en toe een beetje opgejut worden. Tot ziens.'

Linda ging de deur uit. Kurt Wallander bleef peinzend zitten. Daarna stond hij op, maakte de wijnfles open, pakte een glas en liep naar de woonkamer. Hij zocht een cd op met Beethovens vijfde pianoconcert en nam in zijn fauteuil plaats. Terwijl hij naar de muziek luisterde, gingen zijn gedachten alle kanten op. De wijn maakte hem doezelig. Hij sloot zijn ogen en gleed weg in een halfslaap.

Opeens deed hij zijn ogen weer open en was klaarwakker. De muziek was afgelopen, de cd gestopt. Er was plotseling een gedachte in zijn onderbewuste naar boven gekomen. Die hand waarover hij was gestruikeld. Nyberg had daar een redelijke verklaring voor gegeven. Het grondwaterpeil kon stijgen en dalen, de klei zwellen, waardoor onderliggende lagen naar boven werden geduwd. Zo was de hand zichtbaar geworden. Maar waarom alleen de hand? Had hij aan tafel een helderder gedachte gehad dan hij zich op dat moment had gerealiseerd? Was die hand inderdaad naar boven gekomen om zijn aandacht te trekken?

Hij nam nog een glas wijn en belde daarna Nyberg. Hem thuis opbellen hield altijd een zeker risico in, omdat hij soms boos werd wanneer iemand hem stoorde. Wallander wachtte terwijl de bel overging.

'Met Nyberg.'

'Met Kurt. Ik hoop dat ik niet stoor.'

'Verdomme, natuurlijk stoor je. Wat is er?'

'Die hand die uit de grond omhoogstak. Waar ik over ben gestruikeld. Jij zei dat de klei beweegt, ronddobbert, dat het grondwaterpeil voortdurend verandert. Maar ik begrijp toch niet hoe die hand uitgerekend op dit moment door het grondoppervlak heeft kunnen dringen.'

'Wie zegt dat het nu is gebeurd? Ik niet. Die hand kan daar misschien al wel jaren hebben gelegen.'

'Maar dan zou iemand hem toch hebben moeten zien?'

'Het is jouw werk om dat uit te zoeken. Was dat alles?'

'Niet helemaal. Is het denkbaar dat die hand daar met opzet is neergelegd? Zodat hij zou worden ontdekt? Kon je ook zien of er pasgeleden in de grond was gespit?'

Nyberg ademde zwaar. Wallander was bang dat er een woede-uitbarsting zou volgen.

'Die hand is uit zichzelf in beweging gekomen', zei Nyberg.

Hij was niet boos geworden.

'Dat vroeg ik me gewoon af', zei Wallander. 'Bedankt voor je tijd.'

Hij beëindigde het gesprek en keerde terug naar zijn wijnglas.

Even na middernacht kwam Linda thuis. Maar toen was Wallander al naar bed gegaan, nadat hij zijn glas had afgewassen en de lege fles had weggezet.

12

In hun poging helderheid te verschaffen over wie er in het huis gewoond hadden, reden Martinson en Wallander de volgende dag, 30 oktober, om kwart over tien over een met natte sneeuw bedekte weg naar Löderup. Ze wilden met Elin Trulsson praten en misschien ook met andere buren.

Eerder die ochtend hadden ze een zeer kort overleg gevoerd met Lisa Holgersson. Zij hield voet bij stuk dat er voordat het forensisch onderzoek was afgerond geen extra middelen mochten worden ingezet vanwege de skeletvondst.

'Winter', zei Martinson. 'Ik heb een hekel aan deze kledder. Ik heb krasloten gekocht. Ik zie geen biljetten van duizend kronen over me neer regenen, maar wel een huis ergens in Spanje of aan de Rivièra.'

'Wat moet jij daar?'

'Kleden weven. Denken aan alle natte sneeuw die je daar niet hebt.'

'Je zou je dood vervelen', zei Wallander. 'Als jij van die stomme kleden ging weven, zouden ze vol komen te zitten met motieven van sneeuwbuien en je zou je kapot zitten te verlangen naar dit rotweer.'

Ze sloegen af naar het rode huis dat een paar honderd meter van Karl Erikssons boerderij lag. Een man van middelbare leeftijd stond juist op het punt op zijn tractor te klimmen. Hij keek hen vragend aan. Ze gaven hem een hand. De man stelde zich voor als Evert Trulsson. Hij was de eigenaar van de boerderij. Wallander probeerde uit te leggen waarvoor ze kwamen.

'Wie had zoiets van Kalle kunnen denken', zei Trulsson toen Wallander zweeg.

'Wat denken?'

'Dat hij een lijk in de tuin begraven zou hebben.'

Wallander wierp Martinson een blik toe en probeerde de vreemde logica in Evert Trulssons uitlating te begrijpen.

'Kunt u uitleggen wat u bedoelt? Zou hij dat lijk daar zelf hebben begraven?'

'Weet ik veel. Wat weet je eigenlijk van je buren? Vroeger wist je zo ongeveer alles van de mensen om je heen. Maar vandaag de dag weet je niets meer.'

Wallander besefte dat hij met een van die uiterst conservatieve mensen geconfronteerd werd die ongetwijfeld vonden dat vroeger alles beter was. Hij besloot snel dat hij zich niet zou laten meesleuren in een zinloos gesprek.

'Elin Trulsson', zei hij. 'Wie is dat?'

'Dat is mijn moeder.'

'We hebben begrepen dat zij Karl Eriksson in het verpleeghuis bezoekt. Ze zijn dus bevriend.'

'Ik heb een oude moeder die zich bekommert om andere mensen. Volgens mij bezoekt ze Karl omdat niemand anders het doet.'

'Maar ze waren dus bevriend?'

'We waren buren. Dat is niet hetzelfde als bevriend zijn.'

'Maar ruzie hadden jullie ook niet', wierp Martinson ertussen.

'Nee. We waren buren. Onze landerijen grensden aan elkaar. Voor deze weg waren we samen verantwoordelijk. Gezamenlijke aangelegenheden deden we samen, we groetten elkaar en hielpen elkaar als dat nodig was. Maar we gingen verder niet met elkaar om.'

'Volgens mijn gegevens zijn ze hier in 1968 komen wonen. Drieëndertig jaar geleden. En ze hebben de boerderij gekocht van iemand die Gustav Henander heette.'

'Dat weet ik nog. Wij waren familie van Henander. Ik geloof dat mijn vader een halfbroer was van iemand die Henander heette, maar dat die geadopteerd was. Ik weet het niet precies. Misschien dat mijn moeder het nog weet. Mijn vader is al jaren dood.'

Ze liepen naar het huis.

'Ze hadden geen kinderen meer,' zei Martinson, 'Karl en Emma. Hun twee dochters zijn verongelukt; die zijn in een gierput verdronken. Dat was een vreselijke tragedie. Maar kwam er ook wel eens iemand anders? Een vrouw?'

'Nee. Wij zagen iedereen die langsreed. Ze waren erg op zichzelf, ze kregen nooit bezoek.'

Ze stapten de warme keuken binnen, waar twee dikke poezen hen vanaf de vensterbank met een waakzame blik lagen op te nemen. Er kwam een vrouw van middelbare leeftijd de keuken in. Dat was de vrouw van Evert Trulsson. Ze gaf hen een slap handje en stelde zich voor als Hanna Trulsson.

'Er is koffie', zei Evert Trulsson. 'Ga maar zitten, dan haal ik moeder.'

Het duurde een kwartier voordat Evert Trulsson met zijn moeder Elin in de keuken terugkeerde. Wallander en Martinson hadden in de tussentijd geprobeerd een gesprek aan te knopen met Hanna Trulsson, maar waren daar niet erg succesvol in geweest. Wallander bedacht dat het enige wat hij in deze vijftien minuten bereikt had, was dat hij nu wist dat de ene poes Jeppe heette en de andere Florry.

Elin Trulsson was een heel oude vrouw. Ze had een gegroefd gelaat, met rimpels die diep in haar huid sneden. Wallander vond haar erg mooi. Als een oude boomstam. Dit was geen nieuwe gedachte voor hem. Hij had dit voor het eerst gedacht toen hij zijn vaders gezicht een keer bekeek. Er zat een schoonheid in die alleen de ouderdom mensen kon schenken.

Ze gaven haar een hand. In tegenstelling tot Hanna Trulsson gaf haar schoonmoeder Wallander een stevige handdruk.

'Ik hoor slecht', zei ze. 'Met mijn linkeroor hoor ik niets, wel met mijn rechter, maar alleen als mensen niet door elkaar heen praten.'

'Ik heb moeder uitgelegd waarvoor u komt', zei Evert Trulsson.

Wallander boog zich naar de oude vrouw over. Martinson pakte een notitieblok.

Daar werd echter niets in opgeschreven. Elin Trulsson had absoluut niets waardevols te vertellen. Karl Eriksson en zijn vrouw hadden een leven geleid dat geen geheimen leek te verbergen en over de familie Henander had ze ook niets te melden. Wallander probeerde nog een stap verder terug in de tijd te gaan, naar Ludvig Hansson, die de boerderij in 1949 aan Henander had verkocht.

'In die tijd woonde ik hier niet', zei Elin Trulsson. 'Ik werkte toen in Malmö.'

'Hoelang heeft Ludvig Hansson de boerderij gehad?' vroeg Wallander.

Elin Trulsson keek haar zoon vragend aan. Hij schudde zijn hoofd.

'Volgens mij woonden ze hier al generaties lang', zei hij. 'Maar dat is wel uit te zoeken.'

Wallander besefte dat ze niet verder zouden komen. Hij gaf Martinson een knikje. Ze bedankten voor de koffie, gaven de familie Trulsson een hand en verlieten, begeleid door Evert Trulsson, het huis. De natte sneeuw was in regen overgegaan.

'Vader had nog moeten leven', zei Evert Trulsson. 'Die had een ongelooflijk goed geheugen. Bovendien deed hij een beetje aan heemkunde. Maar hij heeft nooit wat opgeschreven. Vertellen kon hij echter als de beste. Stom genoeg heb ik er natuurlijk nooit aan gedacht om dat op een bandrecorder op te nemen.'

Wallander wilde net instappen toen hij zich realiseerde dat hij nog een vraag had.

'Kunt u zich ook herinneren of er hier in de streek ooit iemand is verdwenen? In uw tijd of daarvoor? Daar wordt vaak over gepraat, over mensen die op mysterieuze wijze verdwijnen.'

Evert Trulsson dacht na voordat hij antwoord gaf.

'In het midden van de jaren vijftig is er wel een tienermeisje verdwenen. Niemand weet wat er van haar is geworden. Of ze zelfmoord pleegde, wegliep, of wat het was. Ze was een jaar of veertien, vijftien. Elin heette ze, net als moeder. Maar ik ken geen ander geval.'

Wallander en Martinson reden terug naar Ystad.

'Nu doen we niets meer', zei Wallander. 'Niet voordat het forensisch instituut zijn zegje heeft gedaan. Nu kunnen we alleen maar hopen dat het toch een natuurlijke dood blijkt te zijn. Dan is het voldoende dat wij dat lichaam identificeren. Maar als dat niet lukt, is het niet zo erg.'

'Natuurlijk is het een misdrijf', zei Martinson. 'Maar verder ben ik het met je eens. We wachten af.'

Ze keerden terug naar Ystad en gingen door met andere werkzaamheden.

Drie dagen later, vrijdag 2 november, trokken hevige sneeuwbuien over Skåne. Het verkeer werd lamgelegd en de politie probeerde met man en macht de ontstane situatie in goede banen te leiden. Op 3 november hield de sneeuwval in de loop van de middag op. 's Zondags begon het te regenen. De gevallen sneeuw smolt weg.

Op maandagochtend 5 november vergezelden Linda en Kurt Wallander elkaar naar hun werk. Ze waren nog niet bij de receptie binnengekomen of Martinson kwam door de gang aanstormen met een paar papieren in zijn hand.

Wallander zag meteen dat die van het forensisch instituut in Lund afkomstig waren.

13

Stina Hurlén en haar collega's van het forensisch instituut hadden goed werk verricht. Ze hadden nog steeds tijd nodig om gedetailleerd te vertellen over de vrouw van wie ze het skelet hadden gevonden, maar de informatie die ze al konden verstrekken en bevestigen, maakte dat Wallander en zijn collega's nu wisten waar ze aan toe waren. In de eerste plaats dat er echt een moord was gepleegd. De vrouw was om het leven gebracht. Ze vertoonde het soort letsel dat altijd optrad bij iemand die was opgehangen of gewurgd. Ze was aan de verwondingen aan haar nekwervels overleden. Wallander maakte de zwartgallige opmerking dat zelfmoordenaars zich vaak ophingen, maar dat ze vervolgens niet het touw doorsneden en zich in een kuil in hun eigen tuin of die van een ander begroeven.

De veronderstelling dat het om een vrouw van vijftig jaar ging, bleek ook te kloppen. Bovendien had ze een slecht onderhouden gebit gehad, maar vertoonden haar botten geen slijtage. Met andere woorden: de persoon die in het graf lag, was zeer waarschijnlijk niet iemand die zwaar lichamelijk werk had moeten verrichten.

Niettemin leek pas de laatste informatie in het rapport Wallander en zijn collega's een stevig aanknopingspunt te bieden, de handreiking waarnaar alle rechercheurs in een onderzoek naar een misdrijf op zoek zijn.

De vrouw had tussen de vijftig en zeventig jaar in haar graf gelegen. Hoe de artsen en andere deskundigen precies aan die datering waren gekomen begreep Wallander niet, maar hij vertrouwde erop. De pathologen-anatomen vergisten zich zelden.

Kurt Wallander nam Martinson en Linda mee naar zijn kamer, waar ze rond zijn bureau gingen zitten. Linda had niets met de zaak te maken, maar was uit nieuwsgierigheid meegegaan. En Wallander had haar spontane reacties leren waarderen. Soms constateerde ze dingen die meteen van belang bleken te zijn.

'De datering', zei Wallander toen ze waren gaan zitten. 'Wat betekent dat?'

'Ze moet dus zijn gestorven tussen 1930 en 1950', zei Martinson. 'Dat maakt het tegelijkertijd moeilijker en gemakkelijker. Gemakkelijker, omdat we een beperkte tijdsperiode hebben om te doorzoeken. Moeilijker, omdat het zo lang geleden is.'

Wallander glimlachte.

'Dat is een mooie formulering', zei hij. 'Die is nieuw. "We hebben een beperkte tijdsperiode om te doorzoeken." In de tijd zoeken. Misschien moet je in een volgend leven dichter worden.'

Wallander boog zich opeens energiek in zijn stoel naar voren. Ze hadden nu iets om mee aan de slag te gaan. Ze hadden een handreiking gekregen.

'We zullen wel een beetje gaan niezen', zei hij. 'We zullen gedwongen zijn om in oude stoffige papieren te gaan snuffelen. Wat er ook is gebeurd, het is gebeurd toen wij nog amper waren geboren, Linda al helemaal niet. Maar ik begin belangstelling te krijgen voor wie die vrouw was en wat haar is overkomen.'

'Ik zit te rekenen', zei Linda. 'Stel dat je ervan uitgaat dat die vrouw is vermoord in 1940, gewoon om in het midden van die periode te gaan zitten. Als je je voorstelt dat een volwassene de moord gepleegd heeft, laten we zeggen iemand van dertig, dan betekent dat dat we op zoek zijn naar iemand van negentig. Een negentigjarige moordenaar. Maar hij kan net zo goed over de honderd zijn. Hetgeen betekent dat hij allang dood is.'

'Precies', zei Wallander. 'Maar wij stoppen niet omdat de moordenaar waarschijnlijk allang dood is. We zoeken in de eerste plaats een antwoord op de vraag wie die vrouw was. Misschien zijn er familieleden, kinderen, die opgelucht zijn wanneer ze erachter komen wat er is gebeurd.'

'We worden een soort archeologische rechercheurs', zei Martinson. 'Ik zou wel eens van Lisa willen horen welke prioriteit zij vindt dat hieraan moet worden gegeven.'

Het ging zoals hij al had gedacht: de zaak kreeg helemaal geen prioriteit. Lisa Holgersson besefte natuurlijk dat de skeletvondst moest worden onderzocht. Maar extra middelen kregen ze daar niet voor. Er waren al te veel onderzoeken die nog moesten worden afgerond.

‘Ik moet rekening houden met de statistieken van de Rijkspolitie’, zuchtte ze. ‘We moeten aantonen dat we slagen met onze onderzoeken. We komen er niet meer mee weg om alle gestaakte onderzoeken in de boeken op te voeren als opgelost.’

Martinson en Wallander schrokken ervan. Wallander vermoedde dat Lisa Holgersson haar mond misschien voorbij had gepraat. Of misschien wilde ze haar hart luchten.

‘Gebeurt dat echt?’ vroeg Wallander voorzichtig.

‘Alles gebeurt. Ik zit gewoon te wachten op de dag waarop ze de boeken komen controleren en ontdekken dat we dat gedaan hebben.’

‘Maar daar worden we zelf de dupe van’, zei Wallander. ‘Het publiek zal ons erop aankijken.’

‘Nee’, wierp Martinson tegen. ‘De mensen zijn niet dom. Ze zien dat wij het met steeds minder personeel moeten doen. Ze beseffen heus wel dat wij het probleem niet zijn.’

Lisa Holgersson stond op. Het overleg was afgelopen. Ze wilde het onaangename gesprek over de fraude met de niet-opgeloste maar toch opgeloste misdrijven niet langer voortzetten.

Martinson en Wallander keerden terug naar een van de vergaderkamers. In de gang liepen ze Linda tegen het lijf. Ze was op weg naar een surveillancewagen.

‘Hoe is het gegaan?’

‘Zoals we al hadden verwacht’, antwoordde Wallander. ‘We hebben te veel te doen. Daarom doen we zo weinig mogelijk.’

‘Dat is niet eerlijk’, zei Martinson.

‘Natuurlijk is dat niet eerlijk. Wie zegt dat politiewerk met eerlijkheid te maken heeft?’

Linda verdween hoofdschuddend.

‘Dat laatste wat jij zei, begreep ik niet’, zei Martinson.

‘Ik ook niet’, antwoordde Wallander opgewekt. ‘Maar het kan geen kwaad om de jonge generatie aan het denken te zetten.’

Ze gingen aan tafel zitten. Via het interne telefoonnet lukte het Martinson Stefan Lindman te pakken te krijgen. Een paar minuten later verscheen hij met een ordner in zijn hand.

‘Vermiste personen’, zei Wallander. ‘Niets is zo fascinerend als mensen die in rook opgaan. Die melk gaan kopen, maar nooit terugkeren. Of die een vriendin bezoeken en nooit terugkomen. Vooral jonge vrouwen die verdwijnen, prikkelen de fantasie van mensen. Ik kan me zelf nog ene Ulla herinneren, die ergens in de jaren vijftig na een dansavond in Sundbyberg verdween. Ze is nooit teruggevonden. Als ik aan haar denk, kan ik me zelfs haar gezicht nog voor de geest halen.’

‘Er zijn statistieken’, zei Stefan Lindman. ‘Hoewel ze van de politie afkomstig zijn, zijn ze toch erg betrouwbaar. De meeste mensen die als vermist worden opgegeven keren vaak na korte tijd terug, een paar dagen later al of misschien na een week. Het is maar een heel gering aantal dat nooit teruggevonden wordt. Je kunt ervan uitgaan dat het percentage zelfmoorden, misdrijven en bewuste identiteitsveranderingen daar gelijkelijk over verdeeld is.’

Hij sloeg zijn ordner open.

‘Ik ben in het verleden gedoken’, zei hij. ‘Om de periode af te bakenen die de artsen hebben aangegeven, heb ik zitten wroeten tussen de jaren 1930 en 1950. Onze bestanden, ook de oude en de bestanden waarin de gestaakte en verjaarde onderzoeken zitten, zijn behoorlijk gevuld. Volgens mij heb ik een redelijk goed beeld van deze streek en de vermiste vrouwen die mogelijk in aanmerking komen.’

Wallander boog zich over de tafel.

‘Wat heb je?’

‘Niets.’

‘Niets?’

Stefan Lindman schudde zijn hoofd.

‘Je hoort het goed. In de periode waar het hier om gaat, is er in deze contreien geen enkele vrouw van de juiste leeftijd verdwenen. In Malmö ook niet. Ik dacht dat ik een vrouw op het spoor was; een negenenveertigjarige dame uit Svedala die in december 1942 uit haar woning verdween. Maar die is een paar jaar later teruggekomen. Ze was ervandoor gegaan met een dienstplichtig soldaat die hier gelegerd was. Maar ze werd hem beu, de passie bekoelde en ze keerde terug naar huis. Afgezien van haar is er verder niemand.'

Zwijgend overpeinsden ze zijn woorden.

'Er is geen aangifte van vermissing gedaan', zei Martinson na een poosje. 'Toch ligt er een vrouw in een tuin begraven. Ze is vermoord. Iemand moet haar hebben gemist.'

'Ze kan toch ergens anders vandaan zijn gekomen', zei Stefan Lindman. 'Als je alle vrouwen van de juiste leeftijd die in die jaren in Zweden zijn verdwenen in kaart zou brengen, levert dat natuurlijk een heel ander resultaat op. Bovendien was het oorlog en waren er veel mensen op de been. Onder andere vluchtelingen, van wie de gegevens niet altijd zo goed werden bijgehouden als eigenlijk had gemoeten.'

Wallander zat in een andere richting te denken.

'Ik zie het zo', zei hij. 'We weten niet wie die vrouw is. Wat we wel weten is dat ze is begraven. Iemand heeft een schop vastgehouden en haar onder de grond gestopt. Er zijn geen redenen om aan te nemen dat dit niet dezelfde man is als die haar heeft omgebracht. Of dezelfde vrouw; dat is niet uitgesloten. Dan moeten we daar beginnen. Wie hield die schop vast? Waarom werd het lichaam in de tuin van Karl Eriksson begraven?'

'Niet in de tuin van Karl Eriksson', zei Martinson. 'In die van Ludvig Hansson.'

Wallander knikte.

'Daar beginnen we', zei hij. 'Ludvig Hansson en zijn gezin, van wie de boerderij destijds was. Iedereen die toen leefde, is nu dood. Behalve wie toen kind was. Daar moeten we beginnen. Met de kinderen van Ludvig Hansson.'

'Zal ik doorgaan?' vroeg Stefan Lindman. 'Met de rest van Zweden? Vermiste vrouwen tussen 1930 en 1950?'

'Ja', zei Wallander. 'Ergens moet die vrouw als vermist zijn opgegeven. Ergens moet ze zijn.'

14

Stefan Lindman begon met het in kaart brengen van vermiste Zweedse vrouwen in de betreffende tijdsperiode en hij vond er een paar die in ieder geval de juiste leeftijd hadden. Maar wat zowel hem als zijn collega's terughoudend stemde, was dat het in het ene geval ging om een vrouw die toen ze verdween in Timrå, in de buurt van Sundsvall, woonde en in het andere om een vrouw, Maria Teresa Arbåge, die bij haar verdwijning in Luleå woonachtig was.

Martinson had ondertussen in registers van het kadaster gekeken en kunnen constateren dat de boerderij die door Ludvig Hansson verkocht werd vanaf het begin van de negentiende eeuw in het bezit van de familie was geweest. De eerste Hansson was eigenlijk een Hansen geweest, die uit de grensstreek met de provincie Småland naar het zuiden was afgezakt. Wallander en Martinson bespraken enkele malen waarom de familieboerderij opeens verkocht was. Zou daarin een motief te vinden zijn dat licht kon werpen op de vrouw in de tuin?

Ook Linda had een idee geopperd, waarvan Kurt Wallander met enige schroom moest erkennen dat het uitstekend was. Als ze oude luchtfoto's van de boerderij konden vinden, ouder dan de foto die in het huis in Löderup aan de muur hing, konden ze zien of de tuin ook veranderingen had ondergaan. Wanneer had dat eventueel plaatsgevonden? En wat was er gebeurd met de vleugel van het huis die er ooit was geweest, maar die er nu niet meer stond?

Wallander groef in bestanden en bevolkingsregisters. Het kostte hem drie dagen om de enige van de vier kinderen van Ludvig Hansson die nog in leven was op te sporen. Het was een vrouw die Kristina heette en in 1934 geboren was. Wallander constateerde dat het om een nakomertje van Ludvig en zijn vrouw Alma ging. Toen Kristina volwassen was, was ze getrouwd en had ze de naam

Fredberg aangenomen. Ze woonde nu in Malmö en toen Wallander de telefoon pakte om haar te bellen voelde hij een zekere spanning.

Er werd opgenomen door een jonge vrouw. Wallander noemde zijn naam, vertelde dat hij van de politie was en informeerde of Kristina er ook was. De vrouw die had opgenomen vroeg of hij even wilde wachten.

Kristina Fredberg had een vriendelijke stem. Wallander legde uit waarvoor hij belde: dat hij haar moest spreken in het kader van het onderzoek naar de vondst in de tuin.

'Ik heb er in de krant over gelezen', zei Kristina Fredberg. 'Ik vind het een vreemd idee dat dit is gebeurd in de tuin waarin ik als kind heb gespeeld. Hebben jullie helemaal geen idee wie het is?'

'Nee.'

'Ik geloof niet dat ik echt iets belangrijks te vertellen heb.'

'Ik moet me een beeld vormen. Een algemeen beeld.'

'U mag komen wanneer u wilt', zei ze. 'Ik ben weduwe. Mijn man is twee jaar geleden overleden. Hij had kanker. Het ging heel snel.'

'Had ik net uw dochter aan de lijn?'

'Lena. Ze is de jongste. De code waarmee u de deur van de flat kunt openen is 1225.'

Ze spraken af dat Wallander diezelfde dag nog in Malmö zou langskomen. Zonder dat hij eigenlijk goed wist waarom belde hij naar huis om te vragen of Linda zin had om mee te gaan. Na twee nachten dienst was ze nu vrij en hij haalde haar uit haar slaap. Maar in tegenstelling tot hemzelf werd zij zelden boos als ze werd gewekt. Ze spraken af dat hij haar een uur later zou komen halen, om elf uur.

Toen ze naar Malmö reden, regende en waaide het. Kurt Wallander luisterde naar een cassettebandje met een opname van *La Bohème*. Barbara Hendricks zong de titelrol. Omdat Linda niet zo erg dol op opera was, had hij het geluid zacht gezet. Toen ze in Svedala kwamen, zette hij de muziek uit.

'Södra Förstadsgatan', zei hij. 'Ze woont midden in het centrum.'

'Hebben we ook tijd om na afloop nog even te blijven?' vroeg Linda. 'Ik wil winkelen. Dat is zo lang geleden.'

'Hoezo winkelen?'

'Naar kleren kijken. Ik wil een trui kopen. Als troost.'

'Troost voor wat?'

'Dat ik me een beetje alleen voel.'

'Hoe gaat het met jou en Stefan?'

'Goed. Maar toch kun je je wel eenzaam voelen.'

Wallander zei niets. Hij wist heel goed wat Linda bedoelde.

Hij parkeerde bij Triangeln. De wind was snijdend toen ze naar het juiste huisnummer zochten. Wallander had het codenummer van de deur op zijn hand geschreven.

Kristina Fredberg woonde helemaal boven in de flat. Er was geen lift. Toen ze boven waren gekomen hijgde Wallander zwaar. Linda keek hem streng aan.

'Je krijgt nog een hartaanval als je niet gauw gaat bewegen.'

'Er is niets mis met mijn hart. Ik heb een fietsproef gedaan met draden aan mijn lijf en het resultaat was goed. Mijn bloeddruk ligt gemiddeld op honderdvijfendertig over tachtig. Dat is ook goed. Mijn cholesterolgehalte is ook zoals het wezen moet. In ieder geval bijna. Ik heb mijn diabetes onder controle. En verder laat ik ook nog één keer per jaar controleren of er niets met mijn prostaat aan de hand is. Is dat voldoende of wil je alle gegevens schriftelijk hebben?'

'Je bent niet goed wijs', zei Linda. 'Maar best grappig. Bel nou maar aan.'

Kristina Fredberg was een vrouw met een jeugdig uiterlijk. Wallander kon moeilijk geloven dat ze al zevenenzestig was. Als hij dat niet had geweten zou hij ruim vijftig hebben gegokt.

Ze liet hen in de woonkamer binnen. Er stond een blad met koffiekopjes op tafel. Ze waren net gaan zitten toen er een vrouw van Linda's leeftijd binnenkwam. Ze stelde zich voor als Lena. Wallander kon zich niet herinneren wanneer hij voor het laatst zo'n mooie vrouw had gezien. Ze leek op haar moeder, praatte net als zij, met dezelfde stem, en haar glimlach maakte dat hij stiekem zin kreeg om haar aan te raken.

'Vindt u het vervelend als ik luister?' vroeg ze. 'Uit pure nieuwsgierigheid?'

'Helemaal niet', zei Wallander.

Ze ging naast haar moeder op de bank zitten. Kurt Wallander kon niet nalaten een blik op haar benen te werpen. Hij zag dat Linda hem met gefronste wenkbrauwen zat op te nemen. Waarom heb ik haar gevraagd om mee te gaan, dacht hij. Om haar nog meer redenen te geven om mij te bekritiseren?

Kristina Fredberg schonk koffie in. Wallander haalde zijn notitieblok en een pen tevoorschijn, maar hij had er natuurlijk niet aan gedacht om zijn bril mee te nemen. Hij stopte het blok weer in zijn zak.

'U bent in 1934 geboren', zei hij. 'U was de jongste van vier kinderen.'

'Ik was een nakomertje. Ik geloof niet dat ik echt gewenst was. Eerder een ongelukje.'

'Waarom denkt u dat?'

'Kinderen voelen dat aan. Maar niemand zei er iets over.'

'U bent op de boerderij opgegroeid?'

'Ja en nee. Tot november 1942 woonden we daar het hele jaar. Daarna is mijn moeder met mij en mijn broers naar Malmö verhuisd, waar we een paar jaar zijn blijven wonen.'

'Waarom?'

Wallander merkte dat ze heel even aarzelde voordat ze antwoord gaf.

'Mijn vader en moeder hadden onenigheid gekregen, maar ze gingen niet scheiden. Ik weet niet precies wat er was gebeurd. Wij hebben toen een paar jaar in een flat in Limhamn gewoond. In het voorjaar van 1945 zijn we weer terugverhuisd. Ze hadden zich verzoend. Toen mijn moeder oud was, heb ik nog geprobeerd haar te vragen wat er aan de hand was geweest, maar ze wilde er niet over praten. Ik heb ook geprobeerd er met mijn broers over te praten. Maar blijkbaar was er niet iets bijzonders gebeurd. Hun huwelijk was gewoon opeens ingestort. Mijn moeder nam de kinderen mee en vertrok. Op een dag hadden ze zich weer verzoend. En daarna zijn ze tot hun dood bij elkaar gebleven. Ik herinner me mijn ouders als mensen die van elkaar hielden. Wat er in die oorlogsjaren toen ik klein was is gebeurd, is nu nog maar een vage herinnering. Een duistere herinnering.'

'In die jaren is uw vader dus wel op de boerderij blijven wonen?'

'Hij had vee dat verzorgd moest worden. Mijn oudste broer heeft verteld dat hij destijds twee knechten had. Eentje was als vluchteling uit Denemarken gekomen. Maar niemand weet dat precies. Mijn vader was geen grote prater.'

Wallander dacht na. Eén vraag lag voor de hand.

'Het was dus niet zo dat hij een andere vrouw had leren kennen?'

'Nee.'

'Hoe weet u dat zo zeker?'

'Dat weet ik gewoon.'

'Kunt u dat nader verklaren?'

'Mijn moeder zou nooit naar de boerderij zijn teruggegaan als mijn vader een andere vrouw had gehad. En dat had hij nooit geheim kunnen houden.'

'Mijn ervaring is dat je geheimen kunt hebben waar je ook woont.'

Wallander zag dat Linda belangstellend haar wenkbrauwen optrok.

'Dat is vast zo. Maar niet voor mijn moeder. Die had een intuïtie die ik nog nooit bij iemand anders heb gezien.'

'Behalve bij mij', zei haar dochter Lena.

'Dat klopt. Dat heb je van je grootmoeder. Voor jou kun je ook niets verborgen houden.'

Kristina Fredberg kwam overtuigend over. Wallander was er zeker van dat ze niet bewust iets probeerde te verzwijgen dat voor de politie van waarde kon zijn. Maar kon ze echt zeker weten waar haar vader zich mee bezig had gehouden in de drie oorlogsjaren toen hij alleen op de boerderij woonde?

'Die knechten', zei Wallander. 'Eentje kwam er uit Denemarken? Hoe heette hij?'

'Jörgen. Dat weet ik nog. Maar hij is dood. Hij kreeg een ziekte. Ik geloof iets aan zijn nieren. Hij is al in de jaren vijftig gestorven.'

'En die andere knecht?'

'Mijn broer Ernst beweerde dat er nog een knecht was. Maar ik heb nooit een naam gehoord.'

'Misschien zijn er foto's? Of loonbriefjes?'

'Ik denk dat mijn vader niets op papier heeft gezet over betalingen. En foto's heb ik nooit gezien.'

Wallander schonk nog wat koffie voor zichzelf in.

'Kan er ook een vrouwelijke knecht zijn geweest?' vroeg Linda plotseling.

Zoals gewoonlijk wanneer ze zich op zijn terrein begaf, raakte Kurt Wallander geïrriteerd. Ze mocht er wel bij zitten om te luisteren en te leren, maar niet van eigen initiatieven blijk geven zonder dat ze eerst met hem had overlegd.

'Nee', antwoordde Kristina Fredberg. 'In die tijd had je geen vrouwelijke knechten. Een meisje voor het huishouden, misschien. Maar niet als knecht. Ik ben er echt van overtuigd dat mijn vader geen relatie had met een andere vrouw. Ik weet niet wie er in die tuin begraven lag. Ik ril bij de gedachte. Maar ik ben er ook zeker van dat mijn vader niet betrokken is geweest bij wat er is gebeurd. Ook al woonde hij daar.'

'Waarom bent u daarvan overtuigd? Sorry dat ik die vraag stel.'

'Mijn vader was een vriendelijke, vredelievende man. Hij deed geen vlieg kwaad. Ik kan me niet herinneren dat hij mijn broers ooit een tik heeft gegeven of aan de haren heeft getrokken. Hij kon gewoon niet kwaad worden. En je moet toch in ieder geval iets van ongecontroleerde woede in je hebben om een ander mens te kunnen vermoorden? Dat denk ik in ieder geval wel.'

Wallander bedacht dat hij op dit moment nog maar één vraag had.

'Uw broers zijn dood. Maar is er iemand anders met wie ik zou moeten praten volgens u? Iemand die misschien andere herinneringen heeft?'

'Het is zo lang geleden. Iedereen van de generatie van mijn ouders is allang dood. Mijn broers zijn dood. Ik zou niet weten wie dat zou moeten zijn.'

Wallander stond op. Hij gaf de twee vrouwen een hand. Linda en hij verlieten de flat.

Op straat ging Linda voor hem staan.

'Ik wil niet dat mijn vader begint te kwijlen bij de aanblik van een mooie meid die nog jonger is dan ik.'

Wallanders reactie was heftig.

'Wat beweer je nou? Ik kwijl niet. Ik vond haar mooi. Maar je hoeft niet te beweren dat ik iets ongepasts doe. Dan ga je maar met de trein terug naar Ystad. En dan kun je je boeltje pakken en ergens anders gaan wonen.'

Hij liep weg. Pas toen hij bij zijn auto was, had ze hem weer ingehaald. Ze ging opnieuw voor hem staan.

'Sorry. Het was niet mijn bedoeling om je te kwetsen.'

'Ik wil niet hebben dat je me zit op te voeden. Ik wil niet dat je me dwingt om iemand te zijn die ik niet ben.'

'Ik zeg toch sorry.'

'Ik hoor je.'

Linda wilde nog wat zeggen, maar Wallander stak zijn hand op. Zo was het genoeg. Het gesprek hoefde niet te worden voortgezet.

Ze reden terug naar Ystad. Toen ze Svaneholm gepasseerd waren, begonnen ze weer te praten. Linda was het met hem eens dat er ondanks alles toch iets gebeurd kon zijn in de jaren dat Ludvig Hansson alleen op zijn boerderij had gewoond.

Wallander probeerde een toedracht te zien, maar er was niets. Alleen die hand die uit de grond omhoogstak.

De wind wakkerde aan en hij realiseerde zich dat de winter nu heel dichtbij was.

15

De volgende dag werd Kurt Wallander vroeg wakker. Hij zweette. Hij probeerde zich te herinneren wat hij had gedroomd. Het was iets met Linda. Misschien een herinnering aan het feit dat ze de vorige dag een aanvaring hadden gehad. Maar hij wist het niet meer. De droom had zijn deuren gesloten.

Het was tien voor vijf. Hij bleef in de duisternis liggen. De regen tikte tegen zijn slaapkamerraam. Hij probeerde opnieuw in slaap te vallen, maar dat lukte niet. Nadat hij tot zes uur had liggen woelen stond hij op. Hij bleef aan Linda's deur staan luisteren. Ze snurkte een beetje in haar slaap.

Hij zette koffie en ging in de keuken zitten. De regen kwam in buien. Zonder daar echt goed over na te denken besloot hij dat hij zijn werkdag zou beginnen met een bezoek aan de boerderij waar ze het skelet hadden gevonden. Wat hij daar nu eigenlijk mee hoopte te bereiken wist hij niet, maar hij ging vaak terug naar plaatsen waar een misdrijf was gepleegd, niet in de laatste plaats om zijn eerdere indrukken te verifiëren.

Een halfuur later verliet hij Ystad en net toen het licht begon te worden arriveerde hij bij de boerderij in Löderup. De afzettingslinten van de politie zaten er nog. Hij liep langzaam rond het huis en door de tuin. Voortdurend probeerde hij te kijken of er iets was wat hij nog niet eerder had opgemerkt. Wat dat zou moeten zijn wist hij niet. Iets wat niet paste, wat opviel. Tegelijkertijd probeerde hij zich voor te stellen hoe het gegaan kon zijn. *Hier is ooit een vrouw geweest die nooit meer is vertrokken. Maar iemand moet zich hebben afgevraagd waar ze is gebleven. En blijkbaar hebben ze niet op deze plaats gezocht. Niemand heeft iets verdachts gezien dat ertoe leidde dat de politie belangstelling voor deze boerderij kreeg.*

Vlak naast de kuil, die was afgedekt met een vies dekzeil, bleef hij staan. *Waarom was het lichaam uitgerekend hier begraven? De tuin was toch groot? Iemand had een keuze gemaakt en een besluit genomen. Hier, op deze plek, nergens anders.*

Terwijl hij de vragen die hij formuleerde in zijn hoofd opsloeg, begon hij rond te lopen. In de verte hoorde je een tractor. Een eenzame wouw hing in de lucht en maakte vervolgens een duik naar een van de akkers die de boerderij omringden. Wallander liep weer terug naar de kuil en keek rond. Opeens werd zijn aandacht getrokken door een plek bij een paar aalbessenstruiken. Eerst wist hij niet wat zijn blik gevangen had. Het had te maken met de onderlinge verhoudingen tussen de struiken. De tuin was op een symmetrische manier aangelegd; alles was volgens bepaalde patronen geplant. Hij kon al die patronen zien, ook al was de tuin erg verwilderd. Maar er was iets met de aalbessenstruiken wat het patroon doorbrak.

De struiken vormden een uitzondering op de regel die in de tuin gold.

Na enkele minuten zag hij wat het was. Het was niet een patroon dat was doorbroken. Het was een patroon dat ontbrak. Een aantal aalbessenstruiken stond er wanordelijk bij, in deze tuin die volgens strakke richtlijnen was aangelegd.

Hij liep ernaartoe om de plek nader te onderzoeken. De struiken stonden inderdaad niet netjes op een rij, maar hij kon niet zien of ze op verschillende momenten geplant waren. Ze leken even oud.

Hij dacht na. De enige verklaring die hij kon bedenken was dat de aalbessenstruiken een keer waren uitgegraven en vervolgens teruggezet door iemand die geen gevoel voor symmetrie had.

Er was ook nog een andere mogelijkheid, dacht hij. Dat degene die de struiken had uitgegraven en weer teruggezet, haast had gehad.

Het was inmiddels helemaal licht geworden. Het liep tegen achten. Hij ging op een van de oude stenen meubels zitten en bleef de bessenstruiken bestuderen. Was het misschien toch verbeelding? Maar na een kwartier wist hij het zeker. Achter de wanordelijkheid van de struiken zat een verhaal. Of over iemand die slordig was geweest, of over iemand die haast had gehad. Het kon natuurlijk ook om een en dezelfde persoon gaan.

Wallander pakte zijn mobieltje en belde Nyberg, die net op het bureau was gearriveerd.

'Sorry dat ik je gisteren zo laat belde', zei Wallander.

'Als je daar echt spijt van had, zou je langgeleden al zijn opgehouden met mij op alle mogelijke momenten van de dag te bellen. Je hebt me ook wel eens om vier of vijf uur 's ochtends gebeld met vragen die best tot een fatsoenlijk tijdstip hadden kunnen wachten. Ik kan me niet herinneren dat je je toen verontschuldigd hebt.'

'Misschien heb ik mijn leven gebeterd.'

'Om de dooie dood niet! Wat wil je?'

Wallander vertelde waar hij zich bevond. En over zijn gevoel dat er iets niet klopte. Nyberg was iemand die kon begrijpen dat het iets te betekenen had wanneer aalbessenstruiken niet in de grond stonden zoals ze eigenlijk zouden moeten staan.

'Ik kom naar je toe', zei Nyberg toen Wallander zweeg. 'Maar ik denk dat ik alleen kom. Heb je een schop in de auto liggen?'

'Nee. Maar er staat er hier vast wel een in de schuur.'

'Dat bedoel ik niet. Ik heb mijn eigen schop. Ik wilde me er alleen maar van vergewissen dat je niet op eigen houtje in de grond begint te wroeten.'

'Ik doe niets voordat jij hier bent.'

Ze beëindigden hun gesprek. Wallander had het koud en ging in zijn auto zitten. Afwezig luisterde hij naar de radio. Iemand vertelde over een nieuw type besmettelijke ziekte waarvan vermoed werd dat die door gewone wespen werd overgebracht.

Hij zette de radio uit en wachtte.

Negentien minuten later draaide Nyberg het erf op. Hij droeg rubberlaarzen, een overall en had een wonderlijke oude jagerspet over zijn oren getrokken. Uit de kofferbak haalde hij een schop tevoorschijn.

'Misschien moeten we maar blij zijn dat je niet over die hand bent gestruikeld toen de vorst al in de grond zat.'

'Het komt toch zelden voor dat de vorst al vóór Kerstmis in de grond zit?'

Nyberg mompelde iets onverstaanbaars. Ze liepen naar de plek achter het huis. Wallander kon aan Nyberg zien dat hij de impact van zijn waarneming met betrekking tot de aalbessenstruiken meteen begreep. Nyberg stak de punt van zijn schop in de grond, alsof hij naar iets zocht.

'De grond is samengeperst', zei hij. 'Dat betekent meestal dat het langgeleden is dat er iemand in heeft staan graven. De wortels van de struiken binden de grond.'

Hij begon te graven. Wallander stond erbij. Al na een paar minuten stopte Nyberg en begon met zijn vingers in de grond te wroeten. Hij haalde iets tevoorschijn wat op een steentje leek en gaf dat aan Wallander.

Het was een tand. De tand van een mens.

16

Twee dagen later was de hele tuin bij Karl Erikssons huis, zowel voor als achter, afgegraven. Op de plek waar Nyberg zijn spade in de grond had gezet en Wallander de tand in zijn hand gedrukt had gekregen hadden ze een skelet gevonden waarvan Stina Hurlén en andere forensische experts vaststelden dat het de overblijfselen waren van een man die lang dood in de grond had gelegen. Ook hij was een jaar of vijftig, ook hij was overleden aan een gebroken nek. Toen het nieuws van de tweede skeletvondst de media bereikte, ontstond er natuurlijk grote beroering. Vette krantenkoppen spraken over 'de tuin des doods' of 'de dood tussen de bessenstruiken'.

Lisa Holgersson kon nu niet langer verhinderen dat er capaciteit voor het onderzoek werd vrijgemaakt.

Samen met een vrouwelijke officier van justitie die net was teruggekeerd van dienst- en studieverlof kreeg Wallander de eindverantwoordelijkheid. De officier heette Åsa Hallmark. Ooit was Wallander verkikkerd op haar geweest – hij had een zwak voor de vrouwelijke officieren van justitie die zijn pad kruisten – maar nu waren ze gewoon goede vrienden en waren alle emotionele spanningen die er ooit waren geweest verdwenen. Ze zei tegen hem dat hij de tijd moest nemen om het onderzoek grondig aan te pakken. Voordat de identiteit van de lijken die ze in de tuin hadden gevonden was vastgesteld, kon er erg weinig gedaan worden wanneer het erom ging een schuldige te vinden.

Stefan Lindman was nog steeds verantwoordelijk voor het zoeken in bestanden naar gevallen uit het verleden die een spoor konden opleveren. Eerst naar één vrouw, nu naar twee verdwenen mensen van middelbare leeftijd. Er kwamen allerlei tips binnen, schimmen van mensen die jaren geleden op mysterieuze wijze waren verdwenen. Wallander wees nog een extra agent aan om Stefan Lindman bij te staan bij het maken van een eerste, ruwe sortering van alle tips die waren binnengekomen.

Na twee weken, ze zaten inmiddels in de tweede helft van de maand november, waren ze nog steeds helemaal niet opgeschoten met de identificatie van de twee lijken. Op een donderdagmiddag verzamelde Wallander zijn medewerkers om zich heen in de grote vergaderzaal. Hij vroeg iedereen zijn mobiele telefoon uit te zetten en nam daarna grondig door hoever ze waren gekomen. Ze gingen terug naar de uitgangspunten, evalueerden opnieuw het technische en het sectierapport, luisterden naar een – volgens Wallander – briljante presentatie van Stefan Lindman, en toen er vier uur verstreken waren en de tafel leeg was, kon Wallander na een pauze om een frisse neus te halen een samenvatting geven.

Hij gebruikte drie woorden om iets te zeggen waarover iedereen het eens was: 'We staan stil.'

Ze hadden twee skeletten, twee vermoorde mensen van middelbare leeftijd. Maar ze hadden geen identiteit, ze hadden niet eens echt goede suggesties die ze konden volgen.

'Het verleden heeft zijn deuren gesloten', zei Wallander toen de samenvatting achter de rug was en ze vrijer gingen praten over wat er was gebeurd. Het was niet nodig om nieuwe arbeidstaken te verdelen. De beschikbare wegen bewandelden ze al. Pas wanneer ze informatie vonden over wie deze twee mensen waren, zouden ze verder kunnen komen.

In de afgelopen tijd hadden Wallander en Martinson met toenemend ongeduld geprobeerd mensen te vinden die meer konden vertellen over de jaren in de oorlog waarin Ludvig Hansson alleen op de boerderij had gewoond. Maar iedereen was dood. Wallander kreeg steeds weer het onaangename gevoel dat hij eigenlijk de grafstenen op de kerkhoven in de streek moest verhoren. Want daar lagen alle denkbare getuigen en andere betrokkenen. Daar lag waarschijnlijk ook de dader met alle antwoorden waarnaar Wallander nu samen met zijn collega's op zoek was.

Martinson deelde zijn gevoel bij het troosteloze zoeken naar een levende die hen verder zou kunnen helpen. Maar natuurlijk gaven ze het niet op. Ze volgden hun procedures, gingen terug naar allerlei archieven en oude onderzoeken naar misdrijven en bleven speuren naar mensen die misschien nog in leven waren en iets konden vertellen.

Toen Wallander op een avond met hoofdpijn thuiskwam, ging Linda tegenover hem aan tafel zitten om te vragen hoe het ging.

'We geven het niet op', antwoordde hij. 'We geven het nooit op.'

Ze vroeg niet verder. Ze kende haar vader.

Hij had gezegd wat hij te zeggen had.

17

Op 24 november sneeuwde het in Skåne. De buien kwamen uit het westen en legden het vliegverkeer op Sturup enkele uren lam. Tussen Malmö en Ystad raakten veel auto's van de weg. Maar na een paar uur hield de harde wind opeens op, het werd zachter en de sneeuwval ging over in regen.

Wallander stond in zijn kamer op het politiebureau voor het raam naar buiten te kijken en zag hoe de sneeuw op straat snel weg regende. De telefoon ging. Zoals gewoonlijk schrok hij. Hij nam op.

'Met Simon', zei een stem.

'Simon?'

'Simon Larsson. We zijn vroeger collega's geweest.'

Wallander was verbouwereerd en dacht eerst dat hij het niet goed verstaan had. Simon Larsson was agent geweest toen Wallander van Malmö naar Ystad verhuisde. Dat was bijna twintig jaar geleden en Simon Larsson was toen al oud geweest. Twee jaar na Wallanders komst naar Ystad ging Simon Larsson met pensioen en werd hij door de toenmalige hoofdcommissaris bedankt. Voorzover Wallander wist, was hij later nooit meer op het politiebureau langsgekomen. Hij had alle banden definitief doorgesneden. Wallander had een keer gehoord dat hij een kleine appelboomgaard ten noorden van Simrishamn had waaraan hij al zijn tijd besteedde.

Wallander was verbaasd dat Larsson nog leefde. Hij maakte een snel rekensommetje en kwam tot de conclusie dat hij nu een jaar of vijfentachtig moest zijn.

'Ik herinner me je nog', zei hij. 'Maar ik moet wel zeggen dat dit telefoontje mij verrast.'

'Je zult wel gedacht hebben dat ik dood was. Dat denk ik zelf af en toe ook.'

Wallander ging daar niet op in.

'Ik heb gelezen over die twee lijken die jullie hebben gevonden', vervolgde Larsson. 'Misschien kan ik daar wel iets over vertellen.'

'Hoe bedoel je?'

'Zoals ik het zeg. Als je naar me toekomt, heb ik daar misschien, ik zeg misschien, wel iets over te vertellen wat belangrijk kan zijn.'

Simon Larsson sprak met een heldere, duidelijke stem. Wallander noteerde zijn adres. Hij woonde in een bejaardenflat even buiten Tomelilla. Wallander beloofde dat hij meteen naar hem toe kwam. Hij liep naar Martinsons kamer, maar daar was niemand. Martinsons mobieltje lag wel op zijn bureau. Wallander haalde zijn schouders op en besloot in zijn eentje naar Tomelilla te rijden.

Simon Larsson was een fragiele man met een gegroefd gelaat en een gehoorapparaat. Hij deed de deur open en liet Wallander binnen in zijn bejaardenflat die angstaanjagend troosteloos overkwam. Wallander vond dat het net was of hij de wachtkamer van de dood binnenstapte. De flat bestond uit twee kamers. Door een halfopen deur zag Wallander een oude vrouw op bed liggen rusten.

Met trillende handen schonk Simon Larsson koffie in. Wallander voelde zich niet op zijn gemak. Het was alsof hij zichzelf zag over enkele tientallen jaren en die aanblik vond hij niet prettig. Hij nam plaats in een versleten fauteuil. Meteen sprong er een poes op zijn schoot. Wallander liet het beest liggen. Hij gaf de voorkeur aan honden, maar had er niets op tegen wanneer katten hem af en toe hun aandacht schonken.

Simon Larsson ging op een keukenstoel naast hem zitten.

'Ik hoor nog redelijk, maar ik zie slecht. Het zal wel een overblijfsel zijn van al die jaren bij de politie dat ik de mensen met wie ik in gesprek ben, wil kunnen zien.'

'Die onhebbelijkheid heb ik ook', antwoordde Wallander. 'Of misschien moet ik zeggen: gewoonte. Wat wilde je vertellen?'

Simon Larsson haalde diep adem, alsof hij een aanloop moest nemen om te beginnen.

'Ik ben in augustus 1914 geboren', zei hij. 'Het was een warme zomer, vlak voordat de oorlog begon. In 1937 begon ik als assistent van de veldwachter in Lund en in de jaren zestig kwam ik naar Ystad, bij de rijkspolitie. Maar wat ik wilde vertellen, wat misschien belangrijk is, gebeurde in de jaren veertig. Ik heb toen een paar jaar hier in Tomelilla gewerkt. De politieregio's waren toen niet zo strikt gescheiden; wij sprongen af en toe bij in Ystad en zij kwamen ons soms helpen. Maar tijdens de oorlog gebeurde het een keer dat er in de contreien van Löderup op een weg een paard met een oude woonwagen werd gevonden.'

'Een paard? Met een wagen? Dat begrijp ik niet helemaal.'

'Als je me niet onderbreekt, leg ik het zo uit. Het was in de herfst. Een man uit Löderup belde naar Tomelilla. Hij had eigenlijk naar Ystad moeten bellen, maar hij belde naar de veldwachterspost hier in Tomelilla. Hij wilde doorgeven dat hij een paard had gevonden dat met een wagen langs de weg liep. Zonder dat er iemand in de wagen of op de bok zat. Ik was die ochtend alleen op kantoor. Omdat ik bezig was mijn rijbewijs te halen belde ik niet naar Ystad, maar pakte ik de auto en reed naar Löderup. Er was daar inderdaad een paard met een wagen zonder begeleiding. Je kon zien dat er in die wagen mensen woonden die vroeger "reizigers" werden genoemd. Maar ze waren weg. Het was allemaal heel vreemd. Het paard en de wagen waren gewoon in de ochtendschemering opgedoken. Een week eerder waren de eigenaars, een man en een vrouw van een jaar of vijftig, nog in Kåseberga gesignaleerd. Hij sleep scharen en messen. Het waren aardige, hardwerkende mensen, maar opeens waren ze verdwenen.'

'Zijn ze nooit boven water gekomen?'

'Voorzover ik weet niet. Ik dacht dat dit misschien belangrijk kon zijn.'

'Absoluut. Wat je vertelt is erg interessant. Vreemd is alleen dat niemand hen als vermist heeft opgegeven. Dan waren we hen wel in onze bestanden tegengekomen.'

'Ik weet niet precies wat er daarna is gebeurd. Iemand heeft voor het paard gezorgd en die wagen zal wel zijn weggerot. Volgens mij konden "reizigers" de mensen niet zoveel schelen. Ik weet nog dat ik er een jaar of wat later nog navraag naar heb gedaan, maar niemand wist iets.'

'Kun je je verder nog iets herinneren?'

'Het is zo lang geleden. Ik ben al blij dat ik dit nog weet.'

'Weet je nog in welk jaar het was?'

'Nee. Maar er heeft toen een heleboel over in de krant gestaan. Dat moet wel te vinden zijn.'

Wallander kreeg opeens haast. Hij dronk zijn koffie op en stond op.

'Ik ben blij dat je gebeld hebt. Het kan heel goed zijn dat dit belangrijk is. Je hoort nog van mij.'

'Wacht daar niet te lang mee', zei Simon Larsson. 'Ik ben oud, misschien ga ik wel dood.'

Wallander verliet Tomelilla. Hij reed hard. Hij meende voor het eerst in het lopende onderzoek een doorbraak te zien.

18

Het kostte Martinson vier uur om microfiches van oude exemplaren van *Ystads Allehanda* op te zoeken waarin over het geheimzinnige paard en de wagen te lezen viel. Weer een aantal uren later kwam hij op het politiebureau met een stapel kopieën van de bewuste krantenpagina's. Wallander ging met Martinson en Stefan Lindman in een van de vergaderkamers zitten.

'19 oktober 1942', zei Martinson. 'Dan begint het. Hier staat iets over dat geheimzinnige paard met de wagen. *Ystads Allehanda* kopt "Vliegende Hollander op landweg" in het eerste artikel over de gebeurtenis.'

Het volgende uur besteedden ze aan het doorlezen van al het materiaal dat Martinson tevoorschijn had gehaald. Wallander noteerde dat de twee mensen die in de wagen hadden gewoond Valfrid en Irina Pettersson heetten. Er stond zelfs een wazige foto van hen in de krant, een kopie van een ingelijste foto die in de woonwagen had gehangen.

'Simon Larsson heeft een goed geheugen', zei Wallander toen ze de kranten hadden doorgelezen. 'Daar moeten we dankbaar voor zijn. Anders waren we vroeg of laat misschien ook wel op deze twee gestuit, maar je weet het niet. De vraag is of dit niet precies de personen kunnen zijn die we zoeken.'

'De leeftijd klopt', zei Stefan Lindman. 'De plaats ook. De vraag is alleen wat er is gebeurd.'

'Bestanden', zei Wallander. 'We moeten alle informatie hebben die we over deze twee kunnen vinden. Als er een tijdmachine had bestaan, dan hadden we die nu goed kunnen gebruiken.'

'Misschien heeft Nyberg er een', suggereerde Stefan Lindman.

Wallander en Martinson barstten in lachen uit. Wallander stond op en liep naar het raam. Achter hem lachte Martinson nog na. Stefan geeuwde.

'We concentreren ons een paar dagen hierop', zei Wallander. 'De andere sporen geven we niet op, maar die laten we gewoon rusten. Rijpen, zou je ook kunnen zeggen. Maar iets zegt mij dat we nu op de goede weg zitten. Er zijn zo veel dingen die overeenkomen dat dit haast wel de twee mensen moeten zijn die we zoeken.'

'In de kranten spreekt iedereen welwillend over hen', zei Martinson. 'Maar tussen de regels door voel je dat het de mensen eigenlijk niet zoveel kan schelen wat er gebeurd kan zijn. Ze voelen zich aangetrokken door het mysterie op zich. Je krijgt bijna het gevoel dat ze vooral medelijden hebben met dat paard dat met die lege wagen rondtrok. Hoe groot zouden de krantenartikelen wel niet zijn geweest als er twee oude Skånse boeren waren verdwenen?'

'Je hebt gelijk', zei Wallander. 'Maar voordat we weten wat voor mensen dit waren, kunnen we niet uitsluiten dat er ergens een keerzijde aan het verhaal zit. Ik bel de officier van justitie om haar op de hoogte te brengen. We gaan aan de slag.'

Ze spraken af wie wat zou doen in hun poging meer helderheid te scheppen in het beeld van de twee mensen die negenenvijftig jaar geleden waren verdwenen. Wallander ging naar zijn kamer om de officier te bellen en verslag uit te brengen. Hij kreeg het groene licht om door te gaan en las het materiaal in het dossier nog een keer door.

Toen hij daarmee klaar was, had hij nog steeds sterk het gevoel dat ze echt op de goede weg zaten.

19

Tot en met 27 november werkten ze hard door. Het bleef in deze dagen slecht weer in Skåne. Het waaide en regende onafgebroken. Wallander bracht de meeste tijd door aan de telefoon en achter de computer, waarvan hij de bediening na jaren nu eindelijk onder de knie had. Die ochtend was hij erin geslaagd een van Valfrid en Irina Petterssons kleinkinderen op te sporen. Ze heette Katja Blomberg en woonde in Malmö. Toen hij haar had gebeld, werd er door een man opgenomen. Katja Blomberg was niet thuis, maar Wallander had zijn telefoonnummer doorgegeven en gezegd dat het dringend was. Hij zei niet waarvoor hij belde. Hij zat nog steeds op haar telefoontje te wachten, toen er van de receptie gebeld werd.

'Er is bezoek voor je', zei een receptionist van wie hij de stem niet herkende.

'Wie is het?'

'Ze zegt dat ze Katja Blomberg heet.'

Wallander hield zijn adem in.

'Ik kom eraan.'

Hij liep naar de receptie. Katja Blomberg was een veertiger. Ze was zwaar opgemaakt, droeg een korte rok en laarzen met hoge hakken. Enkele voorbijlopende verkeersagenten wierpen Wallander vrolijke blikken toe. Hij stelde zich aan Katja Blomberg voor. Ze gaf hem een stevige handdruk.

'Ik dacht dat ik net zo goed hiernaartoe kon komen.'

'Dat is aardig van u.'

'Natuurlijk is dat aardig. Ik had het verdomme ook kunnen laten, of niet soms? Wat wil je?'

Wallander nam haar mee naar zijn kamer. Onderweg wierp hij een blik in Martinsons kamer, maar daar was zoals gewoonlijk niemand. Katja Blomberg ging in Wallanders bezoekersstoel zitten en haalde een pakje sigaretten tevoorschijn.

'Ik heb liever niet dat u rookt', zei Wallander.

'Wil je met me praten of niet?'

'Dat wil ik.'

'Dan rook ik. Het is maar dat je het weet.'

Wallander zag in dat hij de puf niet had om ruzie met haar te gaan maken. Bovendien had hij niet bijzonder veel last van sigarettenrook. Hij stond op om iets te zoeken wat als asbak kon dienen.

'Dat hoeft niet. Ik heb zelf een asbak bij me.'

Ze zette een metalen bekertje op de rand van zijn bureau en stak een sigaret op.

'Ik heb het niet gedaan', zei ze.

Wallander fronste zijn wenkbrauwen.

'Pardon?'

'Je hebt gehoord wat ik zei. Ik heb het niet gedaan.'

Wallanders aandacht verscherpte meteen. Hij begreep dat ze het over iets had waarvan ze dacht dat hij op de hoogte was.

'Wie was het dan?'

'Dat weet ik niet.'

Wallander trok een notitieblok naar zich toe.

'Even wat formaliteiten', zei hij.

'Mijn persoonsnummer is 620202-0446.'

Wallander besefte dat Katja Blomberg niet voor het eerst op een politiebureau zat. Hij schreef haar adres op en verontschuldigde zich vervolgens. Martinson was nog steeds niet op zijn kamer, maar Stefan Lindman kreeg hij wel te pakken. Hij gaf hem de informatie.

'Ik wil weten wat we over deze dame hebben.'

'Nu?'

'Nu.'

Wallander legde het in het kort uit. Stefan Lindman begreep het. Wallander keerde terug naar zijn kamer. Er hing al een behoorlijke tabaksdamp. Ze rookte sigaretten zonder filter. Wallander zette zijn raam op een kier.

'Ik heb het niet gedaan', herhaalde ze.

'Daar hebben we het straks wel over', zei Wallander. 'Nu wil ik het met u over iets anders hebben.'

Hij zag dat ze meteen op haar hoede was.

'Wat dan?'

'Ik wil het hebben over uw grootouders van moederskant. Valfrid en Irina Petersson.'

'Wat hebben die hier verdomme mee te maken?'

Ze drukte haar sigaret uit en stak meteen weer een nieuwe op. Wallander zag dat ze een dure aansteker had.

'Om diverse redenen wil ik weten wat er destijds bij hun verdwijning is gebeurd. U was toen nog niet geboren. U werd twintig jaar later geboren. Maar u zult er vast wel verhalen over hebben gehoord?'

Ze keek hem aan alsof hij niet goed wijs was.

'Heb je contact met mij opgenomen om het daarover te hebben?'

'Niet alleen.'
'Maar dat is honderd jaar geleden!'
'Niet helemaal. Negenenvijftig.'
Ze keek hem strak aan.
'Ik wil koffie.'
'Die krijgt u. Melk en suiker?'
'Geen melk. Room en suiker.'
'Dat hebben we niet. U kunt melk krijgen.'

Wallander ging koffie halen. Omdat de automaat moeilijk deed, duurde het bijna tien minuten voordat hij terugkwam. Er was niemand op zijn kamer. Hij begon te vloeken. Toen hij de gang weer op liep, zag hij haar van het toilet komen.

'Dacht je dat ik was weggelopen?'

'U bent niet gearresteerd of in hechtenis genomen. Dus u kunt ook niet weglopen.'

Ze dronken hun koffie. Wallander wachtte. Hij vroeg zich af wat ze had verwacht dat hij met haar zou willen bespreken.

'Valfrid en Irina', herhaalde hij. 'Kunt u me daar iets over vertellen?'

Voordat ze antwoord kon geven, ging de telefoon. Het was Stefan Lindman.

'Het ging snel. Moet ik het telefonisch doorgeven?'

'Doe maar.'

'Katja Blomberg is twee keer veroordeeld wegens mishandeling. Ze heeft in Hinseberg gevangengezeten. Bovendien heeft ze samen met een man met wie ze een paar jaar getrouwd is geweest een bankroof gepleegd. Nu wordt ze in de gaten gehouden, omdat ze een van de verdachten is van een roofoverval op een supermarkt in Limhamn. Moet ik verder gaan?'

'Voorlopig niet.'

'Hoe gaat het?'

'Daar hebben we het nog wel over.'

Wallander legde de hoorn neer en keek naar Katja Blomberg, die haar nagels zat te bestuderen die waren gelakt in felle rode kleuren die onderling verschilden.

‘Uw grootouders van moederskant’, zei hij. ‘Iemand moet over hen hebben verteld. Uw ouders zeker. Uw moeder. Leeft ze nog?’

‘Ze is dertig jaar geleden overleden.’

‘En uw vader?’

Ze maakte haar blik los van haar nagels.

‘De laatste keer dat ik over hem heb horen praten was ik zes of zeven. Toen moest hij zitten voor oplichting. Ik heb nooit contact met hem opgenomen. En hij niet met mij. Of hij nog leeft, weet ik niet. Van mij mag hij dood zijn. Als je begrijpt wat ik bedoel.’

‘Ik begrijp wat u bedoelt.’

‘O ja?’

‘Als u mij de vragen laat stellen gaat dit allemaal een stuk sneller. Uw moeder zal toch wel wat hebben verteld?’

‘Zoveel valt er toch niet te vertellen?’

‘Ze zijn toch verdwenen? Spoorloos. Is dat niet iets om het over te hebben?’

‘Maar goeie genade! Ze zijn toch teruggekomen!’

Wallander staarde haar aan.

‘Hoe bedoelt u?’

‘Wat denk je?’

‘Ik wil weten wat u bedoelt!’

‘Ze zijn toch teruggekomen. Ze hebben ’s nachts hun woonwagen achtergelaten, hebben de belangrijkste spullen meegenomen en zijn verdwenen. Ik geloof dat ze een paar jaar op een boerderij in Småland hebben gewoond. Toen het allemaal wat rustiger was geworden, zijn ze weer tevoorschijn gekomen. Ze hebben hun naam veranderd, een ander kapsel genomen en er was geen mens meer die nog naar die oplichting vroeg.’

‘Oplichting?’

‘Weet je dan helemaal niets?’

‘U bent hier om het mij uit te leggen.’

‘Ze hadden een oud mens op een kasteel ergens in de buurt van Höör opgelicht. Ze wisten dat ze vroeg of laat gepakt zouden worden. Toen hebben ze alles achter zich gelaten, ze deden net of ze verdwenen waren en ze zijn een tijdje ondergedoken. Ik geloof dat Valfrid zich later Ivar noemde, en Irina Helena. Ik heb ze maar een paar keer gezien. Maar ik mocht ze wel. Mijn grootvader is begin jaren zeventig overleden en grootmoeder een paar jaar later. Ze liggen op het kerkhof van Hässleholm. Maar niet onder hun echte namen.'

Wallander bleef zwijgend zitten. Hij twijfelde er geen moment aan dat wat hij nu hoorde de waarheid was. Ieder woord ervan.

Het in 1942 in de steek gelaten paard met wagen was een dood spoor. Het was al bijna zestig jaar een dood spoor.

Hij was teleurgesteld, maar ook opgelucht dat ze hieraan nog niet te veel tijd hadden verspild.

'Waarom vraagt u dit allemaal?'

'Vanwege een oud onderzoek dat moet worden afgesloten. Die supermarktaffaire van u laat ik voorlopig aan de collega's in Malmö over.'

'Ik heb het niet gedaan.'

'Ik hoor u wel.'

'Kan ik nu gaan?'

'Dat mag.'

Hij liep met haar mee naar de receptie.

'Ik mocht ze wel', zei ze nog. 'Opa en oma. Het waren vreemde mensen, schuw en hartelijk tegelijk. Ik wou dat ik ze wat vaker had gezien.'

Hij zag haar op haar hoge hakken verdwijnen. Hij besefte dat dit iemand was die hij van z'n leven niet meer terug zou zien. Maar niet iemand die hij helemaal zou vergeten.

Tegen twaalven praatte hij even met Martinson en Stefan Lindman. Hij vertelde dat het een dood spoor was geweest. Dit konden ze schrappen en daarna moesten ze verdergaan. Vervolgens bracht hij de officier van justitie op de hoogte.

De rest van de dag nam hij vrij. In een winkel aan het plein kocht hij een nieuw overhemd en in het restaurant ernaast at hij een pizza. Daarna liep hij naar huis.

Toen Linda die avond thuiskwam, sliep hij al.

20

De volgende dag was een heldere najaarsdag met een stralende zon. Wallander stond vroeg op om een lange wandeling langs zee te maken, waarna hij rond een uur of acht besloot weer politieman te worden en naar zijn werk te gaan. Ze zouden gedwongen zijn in het onderzoek een stap terug te doen en de zaak weer op te pakken waar ze gebleven waren toen het spoor van Simon Larsson opdook.

Maar eerst moest hij een telefoontje plegen. Hij zocht het nummer op. De telefoon ging vaak over voordat er werd opgenomen.

'Met Larsson.'

'Met Wallander. Nog bedankt voor de koffie.'

'Geen dank.'

'Ik wilde je alleen even vertellen dat we naar aanleiding van jouw suggestie een onderzoek hebben ingesteld. Er bleek een natuurlijke verklaring te zijn. Als je wilt kan ik je die vertellen.'

'Daar heb ik natuurlijk wel belangstelling voor.'

Wallander wond er geen doekjes om. Simon Larsson luisterde zwijgend.

'Dan ben ik er toch nog achter gekomen wat er toen is gebeurd', zei hij. 'Maar mijn excuses dat ik jullie een hoop onnodig werk heb bezorgd.'

'Niets is onnodig', antwoordde Wallander. 'Jij weet wat het betekent om bij de politie te werken. Vaak is het net zo belangrijk om dingen te kunnen elimineren als ze te vinden.'

'Misschien was dat wel zo. Maar ik ben zo oud dat ik dat niet goed meer weet.'

'Met jouw geheugen is niets mis. Dat heb je bewezen.'

Wallander voelde dat Simon Larsson zin had om te blijven praten. Ook al hadden ze elkaar verder niets meer te zeggen, toch bleef hij aan de telefoon. Wallander dacht aan de vrouw die hij op bed had zien liggen slapen.

Ten slotte slaagde hij erin het gesprek af te ronden. Hij vroeg zich af hoe het zou zijn om oud te worden. Hoe zou hij dat kunnen verdragen? Oud worden en je ongerust maken?

Om negen uur hadden ze overleg in de vergaderkamer.

'We moeten weer verdergaan waar we waren gebleven', zei Wallander. 'Er is een oplossing voor deze zaak, ook al zien we die nu niet.'

'Ik denk er net zo over als jij', zei Martinson. 'Zweden is een klein land, maar het heeft wel een enorm goed overzicht over de mensen. Dat was vijftig jaar geleden ook al zo, ook al hadden we toen nog geen cijfercode die ons van de wieg tot het graf volgde. Iemand moet die mensen missen. Iemand moet naar hen hebben geïnformeerd.'

Opeens kwam er bij Wallander een gedachte op.

'Je hebt gelijk. Iemand moet hen hebben gemist. Twee verdwenen mensen van middelbare leeftijd. Maar stel dat we er nu eens van uitgaan dat niemand hen heeft gemist. Niemand heeft gevraagd wat er met hen is gebeurd. Daar zit ook een verhaal achter.'

'Niemand mist hen, omdat niemand weet dat ze weg zijn?'

'Misschien. Maar het kan net zo goed zo zijn dat wel iemand hen gemist heeft. Alleen niet hier.'

'Dat kan ik niet helemaal volgen.'

Stefan Lindman mengde zich in het gesprek.

'Jij denkt aan de oorlog. Daar hebben we het al eerder over gehad. Skåne was een grensgebied, omringd door landen in oorlog. Duitse vliegtuigen en Engelse bommenwerpers die noodlandingen maakten op onze akkers, vluchtelingen die uit allerlei richtingen kwamen.'

'Zoiets', zei Wallander. 'Ik wil niet dat we nu al conclusies trekken. Ik wil alleen dat we het vizier openhouden. Er zijn vele verklaringen, niet alleen verklaringen die we vanuit onze ervaring het meest waarschijnlijk achten. Er kan ook een oplossing zijn waaraan we nog niet echt hebben gedacht. Dat wilde ik alleen even kwijt.'

Martinson reikte naar een ordner die op tafel lag.

'Stina Hurlén heeft ons nog aanvullende informatie gestuurd', zei hij. 'Niets wat iets verandert aan wat we al wisten. Het enige wat ze constateert is dat de vrouw een slecht gebit had, terwijl de tanden van de man in vrijwel perfecte staat verkeerden.'

'Denk je dat er uit die tijd archieven van tandartsen zijn?'

'Dat was niet waaraan ik zat te denken. Stina Hurlén ook niet. Het was gewoon een constatering. Een van de schedels heeft veel vullingen, de andere een perfect gebit. Dat vertelt ook iets, ook al weten we niet wat het te betekenen heeft.'

Wallander maakte op een papiertje in zijn map een notitie over de gebitten.

'Schrijft ze verder nog iets?'

'Niet iets wat op dit moment belangrijk is. De man heeft een keer een gebroken arm gehad. De linker. Als we hun identiteit kennen, kan dat iets betekenen.'

'Niet áls', zei Wallander. 'Wannéér. We moeten uitzoeken hoe het met oude archieven van tandartsen zit.'

Ze namen het hele dossier opnieuw door. Er zaten nog veel punten in waarmee ze nog niets hadden gedaan. Toen het tijd was voor de lunch en ze uiteengingen, hadden ze een plan gemaakt voor de komende dagen.

Toen Stefan Lindman de kamer uit was gegaan hield Martinson Wallander nog even tegen.

'Het huis. Wat doen we daarmee?'

'Op dit moment is het voor mij niet aan de orde. Ik denk dat je dat wel snapt.'

'Natuurlijk snap ik dat. Maar ik wilde je wat meer tijd geven. Het kan immers zijn dat je er anders tegenaan kijkt wanneer we het vraagstuk van die skeletten eenmaal hebben opgelost.'

Wallander schudde zijn hoofd.

'Ik denk dat jullie je op een andere koper moeten richten', zei hij. 'Wonen op een plek die waarschijnlijk een plaats van een misdrijf is, zie ik helemaal niet zitten. Dat we de zaak mogelijk oplossen, doet daar verder niets aan af.'

'Zeker weten?'

'Absoluut.'

Martinson leek teleurgesteld, maar hij zei niets. Hij verliet de kamer. Wallander maakte een fles mineraalwater open en legde zijn voeten op tafel.

Hij kon zich niet herinneren wanneer hij zich voor het laatst zo lusteloos had gevoeld. Waar kwam dat door? Was het de teleurstelling die hij onderdrukte? Of was het iets anders?

Hij had zijn hand op een huis weten te leggen. Maar dat was opeens vervangen door twee lijken die lang in de grond hadden gelegen en nu aan de oppervlakte waren gekomen.

Hij wou dat het huis geen kat in de zak was geweest.

21

Wallander had jaren geleden al geleerd dat geduld een van de vele deugden was waarover een rechercheur moest beschikken. Er kwamen altijd dagen waarop er niets gebeurde, wanneer een onderzoek vastliep en er geen beweging meer in te krijgen was. Dan moest je geduld hebben, het moment afwachten waarop het probleem opgelost kon worden. Rechercheurs waren vaak te ongeduldig. Ze konden snel en zeer enthousiast te werk gaan, maar ze mochten hun geduld nooit verliezen op dagen dat er niets gebeurde.

Er verstreken twee dagen, de laatste voordat november in december overging, maar er gebeurde niets. Wallander en zijn collega's drongen steeds dieper door in allerlei archieven, ze baanden zich een weg in de onderwereld, als dieren die gangen in het duister groeven. Af en toe zagen ze elkaar bij een kopje koffie, bespraken hun vorderingen en gingen dan weer met hun eigen werkzaamheden verder.

Buiten kon het weer geen beslissing nemen of het nu winter wilde worden of niet. De ene dag was het koud en zweefden er sneeuwvlokken door de lucht, de volgende dag was de temperatuur weer boven nul en dreven er vanaf de Oostzee troosteloze regenwolken het land binnen.

Het was een paar minuten over negen 's ochtends, op 1 december, toen op Wallanders overladen bureau de telefoon ging. Hij schrok op, greep de hoorn en noemde zijn naam. Eerst herkende hij de stem niet. Die was van een vrouw die met een zeer sterke Skånse tongval sprak. Daarna realiseerde hij zich dat hij iemand aan de lijn had die hij eerder had ontmoet. Het was Elin Trulsson.

'Ik heb zitten nadenken', zei ze. 'Sinds u hier bent geweest heb ik alsmaar zitten nadenken. Ik had het gevoel dat ik iets was vergeten. En vannacht werd ik wakker en opeens wist ik het weer. Ik ben vergeten u over de zolder te vertellen.'

'Sorry?'

'De zolder. Over de kist op zolder.'

'Ik geloof niet dat ik u helemaal begrijp.'

'Toen Ludvig Hansson zijn boerderij had verkocht, vonden wij in een schuur op een van zijn akkers een kist. Die hebben we toen maar bewaard. Sindsdien staat hij hier op zolder. Jaren geleden heb ik er eens in zitten kijken. Er zaten wat dagboeken in. Of eigenlijk moet ik ze misschien agenda's noemen. Die waren van Ludvig Hansson geweest. Ik dacht dat u daar misschien eens naar zou moeten kijken.'

'Agenda's?'

'Hij maakte aantekeningen over wanneer hij zaaide en oogstte. Hij schreef op wat dingen kostten. Maar hij schreef ook wel andere dingen op.'

'Wat dan?'

'Over zijn gezin en vrienden, en over mensen die op bezoek kwamen.'

Wallander raakte opeens geïnteresseerd.

'Tijdens de oorlogsjaren schreef hij dus in die agenda's?'

'Ja.'

'Die wil ik graag zien. Het liefst nu meteen.'

'Ik ben thuis.'

Wallander trok zijn jas aan en verliet zijn kamer. Hij besloot alleen naar Löderup te rijden. Zijn collega's hadden nog genoeg werk liggen zonder dat hij hen lastigviel met de vraag of ze mee wilden gaan.

Een uur later zat hij aan dezelfde keukentafel waaraan Martinson en hij koffie hadden gedronken. Dezelfde kopjes stonden op tafel en hetzelfde soort koffiebroodjes lag op een schaal. De poezen lagen op de vensterbank naar hem te kijken. Op de grond stond een oude houten kist. Er zat geen deksel op. Elin Trulsson zat zwijgend op de keukenbank en volgde hem met haar blik. Wallander vond dat het net was of hij in de gaten werd gehouden door drie katten, waarvan er een menselijke trekken had.

In de kist zaten agenda's van zwart leer. Het jaartal stond in gouden drukletters op de voorkant. Aan de binnenkant had Ludvig Hansson zijn naam genoteerd. Er lagen vier agenda's in de kist: 1941, 1942, 1943 en 1944. Er was geen agenda van 1945. Wallander zette zijn bril op en begon in de boekjes te bladeren. Afgezien van de agenda's lagen er oude rekeningen en andere papieren in de kist. Wallander begon met de agenda van 1941. Daar stonden inderdaad aantekeningen in over het zaaien en oogsten, over een kapotte dorsmachine en over een paard dat 'op 12 september op vreemde wijze stierf'. Er stonden aantekeningen in over de koeien en de hoeveelheid melk, over de varkensslacht en de verkoop van eieren. Af en toe noteerde Ludvig Hansson extreme temperaturen. In december 1943 was het een week 'verrekte koud' geweest, terwijl het in juli 1942 'veel te droog voor de oogst' was.

Wallander las. Hansson had de verjaardagen van onbekenden genoteerd en soms ook aantekeningen gemaakt over begrafenissen, die ofwel 'pijnlijk' waren of 'te lang' duurden. Elin Trulsson bleef aldoor roerloos op de keukenbank zitten.

Wallander was inmiddels aan de laatste agenda, die van 1944, toegekomen, maar hij had niet het idee dat hij Ludvig Hansson dichter was genaderd of details was tegengekomen die een nieuw licht op de skeletvondsten wierpen.

Opeens stopte hij met bladeren. Het was 12 mei 1944. Ludvig

Hansson had genoteerd: 'De Esten zijn gekomen. Drie stuks: vader, moeder en zoon. Juhan, Lydia en Arvo Päts. Het voorschot is betaald.' Wallander fronste zijn wenkbrauwen. Wie waren die Esten? Wat was dat voor voorschot dat was betaald? Hij bladerde langzaam verder. Op 14 augustus verscheen er een nieuwe aantekening: 'de betalingen weer punctueel. De Esten zijn vriendelijk en geven geen problemen. Een lucratieve zaak.' Wat was er een lucratieve zaak? Hij bladerde verder. Pas op 21 november volgde er weer een aantekening. En dat was ook de laatste. 'Ze zijn vertrokken. Slecht schoongemaakt.' Wallander bladerde verder. Verder niets meer, behalve een opmerking over 'hevige sneeuwval op kerstavond'. Hij nam de losse papieren door die in de kist lagen, maar er was niets bij wat zijn aandacht trok.

'Ik moet die agenda's meenemen', zei hij. 'U krijgt ze natuurlijk terug.'

'Zat er iets bijzonders bij?'

'Misschien. Het schijnt dat er in 1944 een Estisch gezin op de boerderij heeft gewoond. Tussen 12 mei en eind november. Weet u iets over die mensen?'

'Over hen niet. Maar in die tijd was het niet ongewoon dat mensen wat bijverdienden door kamers aan vluchtelingen te verhuren.'

'Wie betaalde dat?'

'Ze hadden hun eigen organisaties. Mensen met geld hielpen de mensen die zelf niets hadden. Voor de boeren betekende dat extra inkomsten. Waar je nauwelijks belasting over hoefde te betalen.'

'Wat gebeurde er in november?'

'Dat weet ik niet. Ze zullen wel naar huis zijn vertrokken?'

'Maar het was toch nog steeds oorlog?'

'Dan zullen ze wel ergens anders naartoe zijn gegaan.'

Wallander bedankte haar, stak de agenda's bij zich en verliet het huis. Er was een harde, koude noordenwind opgestoken. Met opgetrokken schouders haastte hij zich naar zijn auto. Hij reed rechtstreeks naar het bureau. Zou dit de oplossing zijn? dacht hij. Een Estisch gezin dat in 1944 op de boerderij woonde? Maar ze vertrekken, ze sterven niet. Ludvig Hansson zal hen toch niet vermoord hebben.

Toen Wallander zijn auto had geparkeerd stond Martinson net op het punt om te gaan lunchen. Wallander vroeg hem daar nog even mee te wachten. Stefan Lindman was bezig met een van de talloze bestanden en archieven waarvoor hij verantwoordelijk was. Ze gingen op Martinsons kamer zitten. Wallander bracht verslag uit, terwijl Martinson de agenda's doorbladerde.

Toen Wallander zweeg, leek Martinson te aarzelen.

'Echt geloofwaardig klinkt het niet.'

'Dit is de eerste concrete suggestie die we krijgen.'

'Drie mensen. Een heel gezin. Wij hebben twee skeletten gevonden. Nyberg is er zeker van dat er niet nog meer liggen.'

'Die kunnen toch ergens anders liggen.'

'Als je ervan uitgaat dat ze hier illegaal of stiekem verbleven, dan zal het niet zo gemakkelijk zijn om hen op het spoor te komen.'

'Maar we hebben wel namen. Drie namen: Juhan, Lydia en Arvo Päts. Ik ben in ieder geval van plan om te kijken of dat iets oplevert.'

Martinson stond op om aan zijn verlate lunch te beginnen.

'Als ik jou was, zou ik bij het bevolkingsregister beginnen', zei Martinson. 'Ook al is het misschien niet zo waarschijnlijk dat ze daarin voorkomen.'

'Een betere plek om een begin te maken is er nauwelijks', zei Wallander. 'Daarna zien we wel verder.'

Wallander verliet opnieuw het politiebureau. Hij bedacht dat hij eigenlijk wat moest eten. Maar er was zoveel dat hij moest.

Toen hij achter het stuur zat met zijn sleutel in de hand werd hij heel even overvallen door een gevoel van lusteloosheid. Hij vermande zich echter, startte de motor en reed weg om op zoek te gaan naar een Estisch gezin.

22

De vrouw achter de balie bij het bevolkingsregister luisterde vriendelijk. Maar toen Wallander klaar was met zijn verhaal was ze niet erg bemoedigend.

'Dat zal moeilijk worden', zei ze. 'We krijgen hier wel vaker mensen die op zoek zijn naar sporen van vluchtelingen uit de Baltische staten die in de oorlog in Skåne hebben gezeten. U bent de eerste van de politie, maar anderen zijn u voorgegaan. Vooral familieleden. Het gebeurt heel zelden dat we in staat zijn mensen te lokaliseren.'

'Waarom?'

'Sommigen hebben misschien valse namen opgegeven. Velen hadden helemaal geen identiteitsbewijzen bij zich toen ze kwamen. Maar de belangrijkste reden is natuurlijk dat er zowel tijdens als na de oorlog in de Baltische staten zelf zoveel is gebeurd.'

'Hebt u enig idee hoeveel van deze vluchtelingen zich nooit hebben laten registreren?'

'Iemand in Lund heeft daar een paar jaar geleden een proefschrift over geschreven. Uit de informatie die hij kon vinden heeft hij de conclusie getrokken dat ongeveer vijfenzeventig procent van de mensen zich wel liet registreren.'

Ze stond op en verdween. Wallander ging zitten en keek naar buiten. Hij was al beginnen te piekeren hoe ze het nu verder moesten aanpakken. Hij rekende er niet op dat hij op deze manier dichter bij een oplossing zou komen.

Heel even overviel hem de impuls om gewoon weg te gaan. De auto te pakken en Skåne voorgoed te verlaten. Maar voor grote veranderingen was het te laat, dat wist hij. Hoogstens zou hij op een dag zijn droomhuis vinden en een hond nemen. Misschien ontmoette hij ook een vrouw die de metgezel kon worden waaraan hij behoefte had. Linda had gelijk. Hij was echt op weg om een futloze chagrijnige ouwe vent te worden.

Geïrriteerd verjoeg hij die gedachten. Hij leunde tegen de muur en sloot zijn ogen.

Hij werd wakker doordat iemand zijn naam zei. Toen hij zijn ogen opendeed, stond de vrouw daar met een papier in haar hand.

'Soms blijkt dat ik te pessimistisch ben', zei ze. 'Misschien heb ik gevonden wat u zocht.'

Wallander stuiterde van zijn stoel omhoog.

'Is dat mogelijk?'

'Daar lijkt het wel op.'

De vrouw ging aan haar bureau zitten met Wallander tegenover zich. Ze las voor wat er op het papier stond dat ze in haar hand hield. Wallander zag dat ze bijziend was, maar ze gebruikte geen bril.

'Juhan, Lydia en Arvo Päts kwamen in februari 1944 uit Denemarken naar Zweden', zei ze. 'De eerste tijd woonden ze in Malmö. Daarna werden ze ondergebracht bij Ludvig Hansson en dat adres werd ook in het bevolkingsregister opgenomen. In november van datzelfde jaar vroegen ze toestemming om naar Denemarken te mogen vertrekken. Ze hebben het land ook verlaten. Dat staat hier genoteerd.'

'Hoe kunt u dat zo zeker weten?'

'Wanneer het om vluchtelingen ging, werden er in de oorlog speciale gegevens bijgehouden. Bovendien heeft hun zoon aangifte gedaan van hun vertrek.'

Wallander was in verwarring.

'Nou kan ik het niet goed volgen. Welke zoon?'

'Hun zoon Arvo. Hij heeft aangifte gedaan dat zijn ouders het land in november 1944 hebben verlaten.'

'Maar wat deed hij zelf dan?'

'Hij is hier gebleven en heeft een verblijfsvergunning gekregen. Later is hij Zweeds staatsburger geworden. In 1954 om precies te zijn.'

Wallander hield zijn adem in. Hij probeerde helder te denken. In 1944 kwamen drie Esten naar Zweden. Vader, moeder en zoon. In november van datzelfde jaar gaan de ouders terug naar Denemarken, maar de zoon blijft. Hij is ook degene die aangifte doet van het vertrek van zijn ouders uit Zweden.

'Ik neem aan dat u niet kunt zeggen of die zoon nog leeft? Of waar hij misschien woont?'

'Dat kan ik heel goed. Hij staat al jaren in Ystad ingeschreven. Hij woont in Ekudden. Dat is een bejaardentehuis dat in de buurt van de oude gevangenis ligt.'

Wallander wist waar het was.

'U bedoelt dus dat hij nog leeft?'

'Ja. Hij is zesentachtig. Maar hij leeft nog.'

Wallander staarde even recht voor zich uit. Daarna knikte hij en hij verliet het kantoor.

23

Bij de afslag naar Ystad stopte Wallander om bij een benzinestation een worstje te eten. Hij was nog steeds onzeker over wat de informatie die hij bij het bevolkingsregister had gekregen nou eigenlijk betekende. Of die überhaupt iets te betekenen had.

Voordat hij doorreed, dronk hij een bekertje koffie.

Ekudden lag vlak naast de weg naar Trelleborg. Het was een groot oud gebouw in een tuin, met uitzicht op zee en de havenmonding van Ystad. Wallander parkeerde zijn auto en liep door het hek het terrein op. Op een van de grindpaden speelden enkele oude mannen jeu de boules. Wallander ging het gebouw binnen en knikte vriendelijk naar een paar oude dames die zaten te breien. Hij klopte aan bij een deur waar 'Administratie' op stond. Een vrouw van een jaar of vijfentwintig deed open.

'Ik ben Wallander en ik ben van de politie hier in Ystad.'

'Ik ken uw dochter Linda', zei de vrouw opgewekt. 'We hebben vroeger in dezelfde klas gezeten. Ik ben een keer bij jullie thuis geweest in Mariagatan toen u binnenkwam. Ik weet nog dat ik ontzettend bang werd.'

'Voor mij?'

'Voor u, ja. U was zo groot.'

'Zo groot ben ik toch niet? Weet je dat Linda naar Ystad is teruggekeerd?'

'Ik ben haar een keer op straat tegengekomen. Ik weet dat ze bij de politie is gaan werken.'

'En vind je haar ook eng overkomen?'

De jonge vrouw schoot in de lach. Ze droeg een naamkaartje waarop stond dat ze Pia heette.

'Ik heb een vraag', zei Wallander. 'Ik heb gehoord dat hier een man woont die Arvo Päts heet.'

'Die woont hier inderdaad. Hij heeft een kamer op de tweede verdieping, helemaal achteraan in de gang.'

'Is hij thuis?'

Pia keek hem verbaasd aan.

'Het komt zelden voor dat de mensen die hier wonen niet thuis zijn.'

'Weet je ook of hij verwanten heeft?'

'Hij krijgt nooit bezoek. Volgens mij heeft hij geen familie. Zijn ouders wonen in Estland. Of woonden. Volgens mij heeft hij wel eens verteld dat ze gestorven zijn en dat hij geen familie meer heeft.'

'Hoe gaat het met hem?'

'Hij is zesentachtig jaar. Zijn verstand is nog goed, maar lichamelijk is hij natuurlijk niet meer zo beweeglijk. Waarom wilt u hem ontmoeten?'

'Het gaat om een routinekwestie.'

Wallander vermoedde dat de vrouw die Pia heette hem niet geloofde. Althans niet helemaal. Maar ze vroeg niet verder. Ze liep met hem mee de trap op en bracht hem naar de tweede verdieping.

De deur van Arvo Päts' kamer stond op een kier. Ze klopte aan.

Aan een tafeltje voor het raam zat een oude man met wit haar patience te spelen. Hij keek glimlachend op.

'U hebt bezoek', zei Pia.

'Wat leuk', zei de man.

Wallander hoorde geen accent in zijn stem.

'Ik laat jullie alleen', zei Pia.

Ze liep de gang op. De man was opgestaan. Wallander en hij gaven elkaar een hand. Arvo Päts glimlachte. Hij had blauwe ogen en zijn handdruk was stevig.

Wallander bedacht dat hij helemaal fout zat. De man die voor hem stond, zou hem geen oplossing kunnen bieden voor het raadsel van de twee skeletten.

'Ik heb uw naam niet goed verstaan', zei Arvo Päts.

'Ik ben Kurt Wallander. Jaren geleden hebt u tijdens de oorlog met uw ouders op een boerderij gewoond vlak bij Löderup, die van een man was genaamd Ludvig Hansson. U hebt daar ruim een halfjaar gewoond en daarna zijn uw ouders teruggegaan naar Denemarken, terwijl u hier in Zweden bleef. Klopt dat?'

'Wat gek dat iemand daarover komt praten. Na al die jaren.'

Arvo Päts richtte zijn blauwe ogen op Wallander. Het leek alsof diens woorden bij hem zowel verwondering als weemoed opriepen.

'Dat klopt dus?'

'Mijn ouders zijn begin december 1944 naar Denemarken teruggegaan. De oorlog liep toen op zijn eind. Ze hadden veel vrienden, veel andere Esten die in Denemarken zaten. Ze hadden het waarschijnlijk niet zo naar hun zin in Zweden.'

'Kunt u vertellen wat er is gebeurd?'

'Mag ik vragen waarom u daar zoveel belangstelling voor hebt?'

Wallander overwoog in stilte wat hij zou zeggen, maar hij besloot om niets over de skeletten te zeggen.

'Een routinekwestie. Niets anders. Wat gebeurde er?'

'Mijn ouders zijn in juni 1945 naar Estland teruggekeerd. Naar hun huis in Tallinn. Het was gedeeltelijk verwoest, maar ze hebben het weer herbouwd.'

'U bleef zelf in Zweden?'

'Ik wilde niet terug. Ik ben hier gebleven. Daar heb ik nooit spijt van gehad. Ik kon een opleiding tot ingenieur volgen.'

'U hebt geen gezin?'

'Daar is het nooit van gekomen. Nu ik oud ben, vind ik dat wel jammer.'

'Hebben uw ouders u hier wel eens bezocht?'

'Meestal was ik degene die naar Estland ging. Na de oorlog kregen ze daar een moeilijke periode, zoals u weet.'

'Leven uw ouders nog?'

'Nee, die zijn allebei allang dood. Mijn moeder stierf in 1965, mijn vader in het begin van de jaren tachtig.'

'Wat is er met hun huis gebeurd?'

'Een tante heeft overal voor gezorgd. Ik ben wel op hun begrafenis geweest. Ik heb wat spullen van hen meegenomen hiernaartoe. Maar toen ik in dit tehuis ging wonen heb ik die weggedaan. Hier heb je niet zoveel plek, zoals u ziet.'

Wallander had opeens geen verdere vragen meer. De hele situatie was zinloos. De man met de blauwe ogen bleef hem aankijken en sprak met een kalme, zachte stem.

'Dan zal ik u verder niet lastigvallen', zei Wallander. 'Bedankt en tot ziens.'

Wallander liep door de tuin naar buiten. De mannen speelden nog steeds jeu de boules. Wallander bleef staan en keek naar hen. Opeens begon er bij hem iets te kriebelen. Eerst wist hij niet precies waardoor dat kwam, behalve dat het te maken had met het gesprek met de oude man dat hij enkele minuten eerder had gevoerd. Maar plotseling besefte hij waardoor zijn onrust werd veroorzaakt. Het was net alsof de antwoorden van de man ingestudeerde replieken waren. Wat Wallander ook gevraagd had, er volgde meteen een antwoord; een beetje te snel, een beetje te exact.

Ik verbeeld het me, dacht Wallander. Ik zie spoken die er niet zijn.

Met een toenemend gevoel van irritatie keerde hij terug naar het politiebureau. Linda zat in de kantine koffie te drinken. Hij ging bij haar aan tafel zitten. Op een schaal lagen een paar speculaasjes die hij opat.

'Hoe gaat het?' vroeg ze.

'Niet goed', zei hij. 'Het gaat helemaal niet goed. We staan stil.'

'Eet je vanavond thuis?'

'Ik denk het wel.'

Ze stond op, want de plicht riep. Wallander geeuwde, dronk zijn mok koffie leeg en liep naar zijn kamer.

Daarna gebeurde er niets meer. De middag kroop voorbij.

Net toen hij naar huis wilde gaan ging de telefoon.

24

Nog voordat ze haar naam genoemd had, herkende hij haar stem. De jonge vrouw die Pia heette, was aan de telefoon.

'Ik wist niet waar ik naartoe moest bellen', zei ze.

'Wat is er gebeurd?'

'Meneer Päts is weg.'

'Hoe bedoel je?'

'Hij is weg. Ervandoor gegaan.'

Wallander ging aan zijn bureau zitten. Hij voelde dat zijn hart sneller begon te slaan.

'Langzaam', zei hij. 'Vertel het rustig. Wat is er gebeurd?'

'Hij kwam een uur geleden niet naar beneden voor de maaltijd. Toen ben ik naar zijn kamer gegaan. Daar was niemand. Zijn jas was weg. We hebben zowel het huis, de tuin als het strand afgezocht. Daar was hij niet. Maar toen kwam Miriam en die vertelde hoe het zat.'

'Wie is Miriam?'

'Mijn collega. Haar auto was weg.'

'Zou Arvo Päts die hebben gepakt?'

'Ze zet haar auto nooit op slot. En meneer Päts heeft vaak verteld hoeveel hij vroeger van autorijden hield.'

'Wat voor auto heeft ze?'

'Een donkerblauwe Fiat Panda.'

Wallander schreef het op. Hij dacht na.

'Je weet zeker dat hij niet meer in het huis of in de tuin is?'

'We hebben overal gezocht.'

'Waarom denk je dat hij is weggegaan?'

'Ik dacht dat u dat misschien kon uitleggen.'

'Ik weet misschien waar hij is. Ik weet het niet zeker, maar misschien heb ik gelijk. Als ik hem vind, laat ik binnen een uur iets van me horen. Als ik hem niet vind, wordt het een zaak voor de politie. Dan moeten we bekijken of we een zoekactie op touw gaan zetten.'

Wallander beëindigde het gesprek. Hij zat roerloos in zijn stoel. Had hij gelijk? Had hij voor de onrust die hij eerder gevoeld had nu een verklaring gevonden?

Hij stond op uit zijn stoel. Het was vijf minuten over halfzes. Buiten was het donker. Er stonden rukwinden.

25

Al van een afstand kon Wallander vaag een licht zien branden achter een raam. Toen aarzelde hij niet langer. Hij had het goed geraden. Arvo Päts was naar het huis gegaan waar hij ooit samen met zijn ouders gewoond had.

Wallander zette zijn auto aan de kant van de weg en zette de motor uit. Afgezien van het vage licht achter het raam was verder alles om hem heen donker. Hij pakte de zaklamp die onder zijn stoel lag en liep naar het huis. De wind sneed in zijn gezicht. Toen hij bij het huis aankwam, zag hij dat er in de woonkamer twee lampen brandden. Een keukenraam was ingeslagen en dat was vervolgens van de haak gedaan. Arvo Päts had een tuinstoel bij het raam geschoven zodat hij naar binnen kon klimmen. Wallander keek door het raam, maar kon hem niet ontdekken. Hij besloot dezelfde weg te nemen, door het ingeslagen keukenraam. Hij dacht dat hij zich geen zorgen hoefde te maken. Binnen in huis zat een oude man, een oude man die door zijn levenslot was ingehaald.

Wallander klom naar binnen. Roerloos bleef hij in de keuken

staan luisteren. Hij had spijt dat hij alleen naar de boerderij was gereden. In zijn jaszak zocht hij naar zijn mobiele telefoon, maar hij realiseerde zich dat hij die op de stoel naast zich had neergelegd toen hij naar de zaklamp zocht. Hij probeerde een besluit te nemen. Zou hij blijven of weer door het raam naar buiten klimmen en Martinson bellen? Hij besloot tot het laatste en wrong zich weer door het raam.

Of het een instinctieve reactie was of dat hij achter zich een geluid hoorde, kon hij later niet meer vaststellen, maar het was hoe dan ook te laat want iets trof hem in zijn nek. Al voordat hij de grond raakte was alles om hem heen zwart geworden.

Toen hij weer wakker werd, zat hij in een stoel. Zijn broek en schoenen waren smerig. Hij had een zeurende pijn in zijn nek.

Voor hem in de kamer stond Arvo Päts. In zijn hand hield hij een wapen. Een oud pistool, zag Wallander. Een oud Duits legerpistool. Arvo Päts' ogen waren nog steeds blauw, maar zijn glimlach was verdwenen. Hij zag er alleen nog maar moe uit. Moe en heel oud.

Wallander dacht na. Arvo Päts had zich buiten in de duisternis bevonden en hem neergeslagen. Vervolgens had hij hem het huis ingesleurd. Hij wierp een blik op zijn horloge. Halfzeven. Hij was dus maar een paar minuten buiten westen geweest.

Hij probeerde een inschatting te maken van de situatie. Een wapen dat op iemand gericht was, was altijd gevaarlijk, ongeacht of degene die het vasthield een man van zesentachtig was. Hij moest Arvo Päts niet onderschatten. Hij had Wallander neergeslagen en hij had eerder die dag een auto gestolen waarmee hij naar Löderup was gereden.

Wallander voelde dat hij bang werd. Rustig praten, hield hij zichzelf voor.

Heel rustig praten, luisteren, geen verwijten, gewoon heel rustig praten en luisteren.

'Waarom ben je gekomen?' vroeg Arvo Päts.

Er zat weer een verdrietige klank in zijn stem, zoals Wallander die ook op Ekudden had ervaren. Hij was echter ook gespannen.

'Waarom ik hiernaartoe ben gekomen of waarom ik naar uw huis ben gekomen?'

'Waarom ben je gekomen? Binnenkort ben ik dood. Ik ben een oude man. Ik wil niet dat iemand mij van streek maakt. Ik ben mijn hele leven al ongerust.'

'Ik wilde alleen maar weten wat er gebeurd is', zei Wallander langzaam. 'Ik kwam dit huis bekijken. Ik zat erover te denken om het te kopen. Toen heb ik toevallig een stukje van een skelet gevonden, een hand, hier in de tuin.'

'Dat is niet waar', antwoordde Arvo Päts.

Hij klonk nu opgewonden, zijn stem sloeg over. Wallander hield zijn adem in.

'Jullie hebben altijd achter mij aangezeten', vervolgde Päts. 'Jullie maken al vijftig jaar jacht op mij. En nu hebben jullie mij gevonden. Waarom kunnen jullie mij niet met rust laten? Het enige wat nog rest, is immers de epiloog: dat ik zal sterven.'

'Het was puur toeval. We willen alleen maar weten hoe het zit.'

'Dat is niet waar. Jullie willen mij in de gevangenis stoppen. Jullie willen dat ik sterf in een cel.'

'Ik wil alleen maar weten wat er is gebeurd. Na vijftig jaar zijn alle misdrijven verjaard. Er zal niets gebeuren, wat u ook zegt.'

Arvo Päts trok een stoel naar zich toe en ging zitten. Het pistool bleef hij op Wallander gericht houden.

'Ik beloof dat ik niets zal doen', zei Wallander. 'U mag me best vastbinden. Als u dat pistool maar weghaalt.'

Arvo Päts gaf geen antwoord. Hij hield het wapen strak op Wallanders hoofd gericht.

'Ik heb al die jaren natuurlijk gedacht dat jullie mij zouden vinden', zei hij na een poosje. 'Ik dacht dat de rechercheur die knap genoeg was om mij te vinden ook wel zou begrijpen waar ik naartoe was gegaan.'

'Bent u hier wel eens teruggeweest? In al die jaren?'

'Nooit.'

'Nooit?'

'Niet één keer. Ik heb een opleiding tot ingenieur gevolgd aan de technische hogeschool in Göteborg. Daarna heb ik tot het midden van de jaren zestig bij een fabriek in Örnsköldsvik gewerkt. Toen ben ik naar Göteborg terugverhuisd en heb ik een paar jaar op een werf gewerkt. Vervolgens ben ik naar Malmö gegaan. Maar hier ben ik nooit meer geweest. Nooit.'

Wallander merkte dat de man nu begon te praten. Dit was het begin van een verhaal. Wallander probeerde zich ongemerkt op zijn stoel te verplaatsen, zodat het wapen niet meer recht op zijn gezicht was gericht.

'Waarom konden jullie me niet met rust laten?'

'We moesten uitzoeken wie die dode mensen waren. Dat is het werk van de politie.'

Arvo Päts begon opeens te lachen.

'Ik dacht dat het nooit ontdekt zou worden. In ieder geval niet tijdens mijn leven. Maar dan gebeurt het toch. Opeens staat u in de deuropening en begint vragen te stellen. Vertelt u mij eens wat u weet.'

'Het gaat om een man en een vrouw. Allebei van een jaar of vijftig. Ze hebben er zeker een jaar of vijftig gelegen. Ze zijn allebei vermoord. Dat is alles.'

'Dat is niets.'

'Er is nog iets wat ik weet. De vrouw had veel vullingen in haar kiezen, maar het gebit van de man zag er heel anders uit.'

Arvo Päts knikte langzaam.

'Hij was gierig. Niet voor zichzelf. Maar wel voor alle anderen.'

'Hebt u het over uw vader?'

'Over wie zou ik het anders hebben?'

'Ik stel alleen maar een vraag. Verder niets.'

'Hij was zo vreselijk gierig. En vals. Hij behandelde mijn moeder alsof ze een stuk vuil was. Hij vernederde haar altijd door haar midden in de nacht wakker te maken en dan dwong hij haar om naakt midden in de kamer te gaan staan, terwijl hij maar bleef herhalen, tot 's ochtends vroeg, hoe waardeloos ze was. Ze was zo bang voor hem dat ze al begon te trillen wanneer hij in haar buurt kwam. Hij liet mijn moeder niet naar de tandarts gaan voordat haar kiezen in haar mond begonnen te rotten.'

Arvo Päts zweeg opeens. Wallander wachtte. Het wapen was nog steeds op hem gericht. Wallander begon te vermoeden dat het een langdurige krachtmeting kon worden. Hij wachtte echter op een moment waarop de man met het wapen zijn concentratie zou verliezen. Dat zou hem de gelegenheid bieden zich op Päts te werpen en het wapen van hem af te pakken.

'Ik heb in die jaren veel over mijn moeder zitten nadenken', zei Arvo Päts. 'Hoe het toch kon dat ik zowel verachting als medelijden voor haar voelde. Hoe kun je zulke tegenstrijdige gevoelens koesteren voor dezelfde persoon? Ik heb daar nog steeds geen goed antwoord op.'

Wallander bespeurde een groot verdriet in alles wat Päts zei, maar hij wist nog steeds niet wat er aan dat gevoel ten grondslag lag.

'Ik heb heel snel een beslissing genomen', vervolgde Päts. 'Op een dag was het genoeg geweest. Ik hoefde niet na te denken over hoe ik verborgen zou kunnen houden wat ik op het punt stond te doen. Het wees zich allemaal vanzelf. Ze wilden terug naar Denemarken, ik zou blijven, niemand zou controleren wat er gebeurde, het was immers nog steeds oorlog, het was chaotisch, er waren mensen op de vlucht, ze gingen alle kanten op, zonder identiteit, zonder wortels, zonder doel. Op een dag was het genoeg geweest.'

'Toen hebt u hen omgebracht?'

'Het gebeurde 's nachts. Ze sliepen. Ik heb hen een klap op hun hoofd gegeven en hen gewurgd. Diezelfde nacht nog heb ik de kuilen gegraven. Voordat het licht werd, waren ze begraven en lag de aarde weer op haar plek.'

'Maar een paar aalbessenstruiken kwamen op de verkeerde plaats terecht.'

Arvo Päts knikte.

'Ik weet het. Maar ik had nooit gedacht dat iemand dat zou opvallen.'

'Wat gebeurde er daarna?'

'Ik heb gemeld dat ze het land hadden verlaten. Daarna ben ik zelf verhuisd, eerst naar Sjöbo, en toen de oorlog afgelopen was naar Göteborg. Tijdens mijn studiejaren huurde ik telkens een andere kamer. Ik verdiende de kost met een baan in de haven. Ik had destijds sterke armspieren.'

Het wapen was nog steeds op hem gericht, maar Wallander had het gevoel dat Arvo Päts' aandacht begon te verslappen. Wallander verplaatste voorzichtig zijn voeten, zodat hij zich kon afzetten als het zover was dat hij zich op Päts kon werpen.

'Het enige wat nog ontbreekt is een verklaring', zei Wallander. 'Waarom hebt u het gedaan?'

'Mijn vader was een monster. Toen ik vijf was, vergreep hij zich voor het eerst aan mij. Daarna ging het door. Mijn moeder wist ervan, maar zij deed niets. Op een dag had ik er genoeg van. Ik heb er nooit spijt van gehad. Maar ik ben mijn straf niet ontlopen. Ik zie hun schaduwen nog aldoor om mij heen. Ik denk dat ik mijn vaders gezicht zie en hoor hem zeggen: "Aan mij kun je nooit ontsnappen."'

Arvo Päts barstte opeens in huilen uit. Wallander aarzelde, maar realiseerde zich dat dit het moment was. Hij kwam van zijn stoel omhoog en wierp zich op Päts. Hij had de snelheid van de oude man echter fout ingeschat. Die draaide zich opzij en gaf Wallander met de kolf van het pistool een klap tegen zijn hoofd. Het was geen harde klap, maar stevig genoeg om ervoor te zorgen dat Wallander enkele seconden het bewustzijn verloor. Toen hij weer bijkwam, lag hij half op de stoel waarop Arvo Päts zojuist had gezeten. Deze stond nu voor hem in de kamer.

Wallander zag meteen dat hij razend was. Het wapen was op zijn hoofd gericht.

'Je had mij met rust moeten laten', schreeuwde Päts. 'Je had mij met mijn schande en mijn geheim moeten laten sterven. Dat was het enige wat ik wilde. En nu heb je alles bedorven.'

Met afgrijzen constateerde Wallander dat Arvo Päts een uiterste grens was gepasseerd. Nu zou hij schieten. Een poging om zich nog een keer op hem te storten was gedoemd te mislukken.

'Ik zal u met rust laten', zei Wallander. 'Ik begrijp wat u hebt gedaan. Ik zal nooit iets zeggen.'

'Het is te laat. Waarom zou ik je geloven? Je viel me aan. Je dacht zeker dat je die ouwe vent gemakkelijk aankon.'

'Ik wil niet dood.'

'Dat wil niemand. Maar ik leef al tachtig jaar als een levende dode sinds mijn vader mij het leven ontnam.'

Arvo Päts kwam een stap dichterbij. Hij hield het wapen nu in beide handen. Wallander wilde zijn ogen dichtknijpen, maar durfde dat niet.

Arvo Päts schoot. Het schot trof Wallander echter niet. Er kwam überhaupt geen schot. Toen Arvo Päts de trekker overhaalde, explodeerde zijn wapen. Metaalsplinters van het oude pistool troffen hem in zijn voorhoofd, reten een diep gat en hij was op slag dood.

Wallander bleef lang roerloos zitten. Vanbinnen voelde hij een jubelende blijdschap. De man was dood. Het oude wapen dat hij in zijn handen had gehad, had hem tijdens de laatste momenten van zijn leven niet gehoorzaamd.

Na een poosje stond Wallander op en liep wankelend naar zijn auto. Hij belde Martinson om te vertellen wat er was gebeurd.

Daarna bleef hij in de wind op het erf staan wachten. Hij dacht nergens aan en hij wilde niets. Het was al meer dan genoeg dat hij nog leefde.

Het duurde veertien minuten voordat hij het eerste blauwe zwaailicht naderbij zag komen.

26

Twee weken later, op een dag midden in december, vergezelde Linda haar vader naar de boerderij in Löderup. Ze had erop aangedrongen dat hij het huis nog een keer zou bezoeken. Daarna kon hij de sleutels aan Martinson teruggeven en serieus naar een ander huis op zoek gaan.

Het was een koude, heldere dag. Wallander zei niets. Hij had zijn pet diep over zijn voorhoofd getrokken. Ze liepen door de tuin en Linda wilde dat hij ook aanwees waar Arvo Päts was gestorven en waar hij zelf had gedacht dat de dood hem kwam uitnodigen. Wallander wees mompelend de plek aan. Toen Linda vragen begon te stellen, schudde hij echter slechts zijn hoofd. Meer viel er niet te zeggen.

Na afloop reden ze terug naar Ystad, waar ze in een pizzeria gingen eten. Net toen het eten hun gebracht was, werd Wallander misselijk. Het was een aanval die uit het niets kwam. Hij slaagde er nog net op tijd in om het toilet te bereiken.

Toen hij terugkeerde, keek Linda hem vragend aan.

'Ben je ziek?'

'Misschien dringt nu pas tot me door hoe dicht bij de dood ik ben geweest.'

Hij zag dat zij dat nu ook pas echt besefte. Ze bleven beiden lange tijd zwijgend zitten. Het eten werd koud. Wallander realiseerde zich later dat ze elkaar eigenlijk nog nooit zo na hadden gestaan als op dat moment.

De volgende dag ging Wallander vroeg naar zijn werk. Hij klopte op Martinsons deur. Daar was niemand. Uit een andere kamer hoorde hij het geluid van een radio die hard aanstond en waarop kerstliedjes te horen waren. Wallander stapte Martinsons kamer binnen en legde de sleutelbos midden op diens bureau.

Daarna verliet hij het politiebureau en liep naar het centrum van de stad. Het sneeuwde, een natte brij die half wegsmolt en op de trottoirs samenklonterde.

Wallander bleef staan bij het grootste makelaarskantoor van de stad. De ruiten hingen vol met afbeeldingen van huizen tussen Ystad en Simrishamn die te koop stonden.

Wallander snoot zijn neus met zijn vingers. In de buurt van Kåseberga stond een huis waar hij wel belangstelling voor had.

Hij ging naar binnen. Op hetzelfde moment werden alle gedachten aan Arvo Päts en diens geschiedenis een herinnering. Een herinnering die hem in de toekomst misschien zou verontrusten, maar die toch nooit méér zou zijn dan een herinnering.

Wallander bladerde door de folders en bekeek foto's van diverse huizen. Vanaf de Oostzee trokken koude winden langzaam naar Skåne.

De volgende dag was de sneeuwsmurrie weg. De stad en de bruine akkers waren nu bedekt met een dun wit sneeuwlaagje.

De winter was in Skåne gearriveerd.

Henning Mankell bij Uitgeverij De Geus

Henning Mankell (Zweden, 1948) is de meest gelezen hedendaagse Zweedse misdaadschrijver. Van zijn romans over inspecteur Kurt Wallander zijn wereldwijd meer dan twintig miljoen exemplaren verkocht. De reeks wordt in meer dan dertig talen vertaald. In 2001 brak Mankell ook door in het Angelsaksische taalgebied. Voor *Dwaalsporen*, het vijfde deel uit Wallander-reeks, ontving hij de Britse Gold Dagger Award, de prijs voor de beste misdaadroman van het jaar. Bij Uitgeverij De Geus verschenen tot nu toe acht delen van de reeks: *Moordenaar zonder gezicht, Honden van Riga, De witte leeuwin, De man die glimlachte, Dwaalsporen, De vijfde vrouw, Midzomermoord* en *De blinde muur*. Mankell schreef ook de literaire romans *Verteller van de wind, Daniël, zoon van de wind* en *Tea-Bag*.

De Inspecteur Wallander-reeks

Moordenaar zonder gezicht

Inspecteur Kurt Wallander probeert de voortgang van het onderzoek naar een wrede dubbele moord zoveel mogelijk buiten de publiciteit te houden. Toch lekt er informatie uit over de mogelijke betrokkenheid van in de nabijheid gehuisveste asielzoekers.

Honden van Riga

In een rubberboot treft de Zweedse politie twee doden aan. De mannen blijken voor hun executie gemarteld te zijn. Inspecteur Kurt Wallander volgt het spoor naar de Letse hoofdstad Riga, waar hij een pion dreigt te worden in een Baltische intrige.

De witte leeuwin

Tijdens het onderzoek naar de verdwijning van de Zweedse makelaar Louise Åkerblom komt inspecteur Kurt Wallander op het spoor van geheime voorbereidingen voor een politieke aanslag in Zuid-Afrika. Is hij nog op tijd om de aanslag te verijdelen?

De man die glimlachte

De moord op advocaat Torstensson wordt korte tijd later gevolgd door de moord op zijn zoon Sten, een vriend van Kurt Wallander. Tijdens het onderzoek komt Wallander in een wespennest van fraude terecht. Zijn tegenstander is een machtige zakenman zonder scrupules.

Dwaalsporen

Kurt Wallander moet hulpeloos toezien hoe een jonge vrouw zichzelf door verbranding van het leven berooft. Drie afschuwelijke moorden volgen. Het spoor voert Wallander naar een netwerk van smokkel en seksueel misbruik.

De vijfde vrouw

Drie even bizarre als gruwelijke moorden schokken het zuiden van Zweden. Kurt Wallander concludeert al snel dat de misdrijven met elkaar verband houden en bewust geënsceneerd zijn als openbare executies. De vraag is wat de dader ermee wil zeggen.

Midzomermoord

Kurt Wallander gaat op zoek naar drie jongelui die na midzomernacht zijn verdwenen. Als hij met collega Svedberg wil overleggen, blijkt ook hij aanvankelijk onvindbaar, tot hij vermoord wordt aangetroffen in zijn eigen woning. Er lijkt een verband te zijn met de drie verdwenen jongeren.

De blinde muur

Inspecteur Wallander vermoedt dat de sleutel tot enkele raadselachtige moorden te vinden is in vergrendelde informatie die zich in de computer van een van de slachtoffers bevindt. De politie van Ystad schakelt een hacker in en ziet zich geconfronteerd met grootschalige computercriminaliteit.

Overige romans van Henning Mankell

Daniël, zoon van de wind

Eind 19de eeuw ontfermt de Zweedse avonturier Bengler zich over een negerjongetje, dat hij Daniël noemt en meeneemt naar Zweden. Als Bengler onverwacht het land moet verlaten, blijft Daniël achter onder de hoede van een eenvoudig boerengezin.

Verteller van de wind

Het tragische leven en sterven van de jongen Nelio, die, na zijn vlucht voor de rebellen op het Afrikaanse platteland, op tienjarige leeftijd de leider wordt van een groep straatkinderen in de stad. Eerder verschenen als *Comédia infantil.*

Tea-Bag

Een Afrikaans meisje belandt via Spanje met een valse identiteit in Zweden, waar ze een lezing van de dichter Jesper Humlin bijwoont. Het verhaal dat Tea-Bag hem vertelt, opent een voor hem onbekende wereld.